TRANZLATY

La Langue est pour tout le Monde

Taal is vir almal

La Métamorphose

Die Metamorfose

Franz Kafka

Français
Afrikaans

ISBN: 978-1-83566-883-2
Die Verwandlung
Franz Kafka, 1915

www.tranzlaty.com

Première partie
Deel Een

Gregor Samsa se réveilla un matin après des rêves agités.

Gregor Samsa het eendagoggend uit onrustige drome wakker geword.

Il se retrouva dans son lit, incapable de bouger.

Hy het homself in sy bed bevind, maar nie in staat om te beweeg nie.

Il avait été transformé en un monstre vermineux.

Hy was in 'n monsteragtige ongedierte omskep.

Il était allongé sur le dos, une carapace dure comme une armure.

Hy het op sy rug gelê, wat so hard soos 'n wapenrusting was.

En relevant légèrement la tête, il pouvait voir son ventre.

Deur sy kop effens op te lig, kon hy sy maag sien.

Mais son ventre était bombé et divisé en segments.

Maar sy maag was koepelvormig en in segmente verdeel.

La couverture reposait sur son ventre arrondi.

Die kombers het bo-op sy ronde maag gerus.

Mais la couverture était sur le point de glisser complètement.

Maar die kombers was amper daar om heeltemal af te gly.

Ses jambes étaient pitoyables comparées à leur taille habituelle.

Sy bene was pateties in vergelyking met hul gewone grootte.

Et ses nombreuses pattes s'agitaient impuissantes devant ses yeux.

En sy baie bene het hulpeloos voor sy oë geflikker.

« Que m'est-il arrivé? » se demanda-t-il.

"Wat het met my gebeur?" het hy by homself gedink.

Mais ce n'était pas un rêve dont il ne pouvait se réveiller.

Maar dit was nie 'n droom waaruit hy nie kon wakker word nie.

Il se trouvait bel et bien dans sa propre chambre.

Dit was regtig sy eie kamer waarin hy homself bevind het.

Une vraie chambre pour des humains, mais un peu trop petite.

'n Regte kamer vir mense, maar net 'n bietjie te klein.

Il gisait tranquillement entre les quatre murs bien connus.

Hy het stil tussen die vier bekende mure gelê.

Sur la table se trouvait une collection d'échantillons de textiles.

Op die tafel was 'n versameling tekstielmonsters.

Samsa était un vendeur ambulant, d'où les échantillons.

Samsa was 'n reisende verkoopsman, vandaar die monsters.

Au-dessus des échantillons de textile désassemblés se trouvait une image.

Bo die uitmekaar gehaalde tekstielmonsters was 'n prentjie.

Il avait récemment découpé la photo dans un magazine.

Hy het onlangs die prentjie uit 'n tydskrif gesny.

Il avait placé le tableau dans un joli cadre doré.

Hy het die prentjie in 'n mooi, vergulde raam geplaas.

Le tableau encadré représentait une dame assise bien droite.

Die geraamde prentjie het 'n dame uitgebeeld wat regop sit.

Elle portait un chapeau de fourrure et un manchon de fourrure.

Sy het 'n pelshoed gedra en 'n pelsmof gehad.

Elle levait la main en direction du spectateur.

Sy het haar hand na die kyker van die prent opgesteek.

Son avant-bras entier disparaissait dans son épais manchon de fourrure.

Haar hele voorarm het in haar swaar pelsmof verdwyn.

Gregor regarda par la fenêtre le temps maussade.

Gregor het deur die venster na die dowwe weer gekyk.

On pouvait entendre les grosses gouttes de pluie frapper la fenêtre.

'n Mens kon swaar reëndruppels hoor wat teen die venster tref.

Le temps gris le rendait très mélancolique.

Die grys weer het hom baie melancholies laat voel.

« Et si je dormais un peu plus longtemps ? » pensa-t-il.

"Wat van ek slaap bietjie langer?" het hy gedink.

« Dormir davantage m'aiderait peut-être à oublier ces bêtises. »

"Meer slaap kan my dalk help om hierdie onsin te vergeet."

Mais dormir plus longtemps était totalement impossible.

Maar om langer te slaap was heeltemal onmoontlik.

Parce qu'il avait l'habitude de dormir sur le côté droit.

Omdat hy gewoond was daaraan om op sy regtersy te slaap.

Mais son état actuel l'empêchait d'effectuer ses mouvements habituels.

Maar sy huidige toestand het sy gewone bewegings verhoed.

Il n'avait aucun moyen de se retrouver dans cette situation.

Hy het geen manier gehad om homself in hierdie posisie te kry nie.

Il fit de son mieux pour se jeter sur son côté droit.

Hy het sy bes probeer om homself op sy regterkant te gooi.

Il a probablement tenté ce mouvement une centaine de fois.

Hy het hierdie beweging waarskynlik 'n honderd keer probeer.

Mais il revenait toujours en position couchée sur le dos.

Maar hy het altyd terug in die rugliggende posisie gewieg.

Il ferma les yeux pour ne pas voir ses jambes qui s'agitaient.

Hy het sy oë toegemaak om nie sy frommelende bene te sien nie.

Finalement, la douleur l'a empêché de réessayer.

Uiteindelik het sy pyn hom gekeer om weer te probeer.

Une douleur sourde au flanc qu'il n'avait jamais ressentie auparavant.

'n Dowwe pyn in sy sy wat hy nog nooit tevore gevoel het nie.

« Oh mon Dieu », pensa désespérément Gregor Samsa.

"O God," het Gregor Samsa desperaat by homself gedink.

« Quel métier pénible j'ai choisi ! »

"Wat 'n strawwe beroep het ek vir myself gekies!"

« Je dois voyager tous les jours pour le travail. »

"Dag in, dag uit, moet ek rondreis vir werk."

« Le travail de bureau est beaucoup plus facile que le travail sur la route. »

"Kantoorwerk is baie makliker as om op die pad te werk."

« Et j'ai la malédiction de devoir voyager constamment. »

"En ek het die vloek om rond te moet reis."

« Toutes ces inquiétudes liées au fait d'être à l'heure pour les trains. »

"Al die bekommernisse oor betyds wees vir die treine."

« Mes horaires de repas sont irréguliers et la nourriture est mauvaise. »

"My etenstye is onreëlmatig, en die kos is sleg."

« Mes amis changent constamment de ville. »

"My vriende verander gedurig van dorp tot dorp."

« Mes interactions sont froides et professionnelles. »

"Die interaksies wat ek het, is koud en professioneel."

«Que le diable s'amuse avec ce genre de travail !»

"Laat die Duiwel homself met hierdie soort werk vermaak!"

Il ressentit une légère démangeaison en haut de l'estomac.

Hy het 'n effense jeuk bo-op sy maag gevoel.

Il s'appuya contre le montant du lit, le dos contre le sol.

Hy het homself teen die bedpaal gedruk, met sy rug.

Il voulait pouvoir mieux lever la tête.

Hy wou sy kop beter kon oplig.

Il a trouvé l'endroit qui le démangeait.

Hy het die jeukerige plek gevind wat hom gepla het.

Sa tête semblait recouverte de petits points blancs.

Sy kop het gelyk asof dit met klein wit kolletjies bedek was.

Il ne pouvait pas dire ce que représentaient ces petits points blancs.

Wat hierdie klein wit kolletjies was, kon hy nie sê nie.

Il avait prévu de toucher l'endroit avec une de ses jambes.

Hy het beplan om die plek met een van sy bene aan te raak.

Mais lorsqu'il toucha l'endroit, il ressentit un étrange frisson.

Maar toe hy die plek aanraak, het hy 'n vreemde koue rilling gevoel.

Il a donc immédiatement retiré sa jambe.

So het hy dadelik sy been van die plek af weggetrek.

Il n'avait d'autre choix que d'accepter cette sensation de démangeaison.

Hy het geen ander keuse gehad as om die jeukerige gevoel te aanvaar nie.

Et il reprit sa position initiale dans le lit.

En hy het teruggekeer na sy vorige posisie in die bed.

«Se réveiller si tôt rend vraiment stupide.»

"Om so vroeg wakker te word, maak mens regtig dom."

« Un homme doit dormir suffisamment », pensa-t-il.

"'n Man moet genoeg slaap kry," het hy by homself gedink.

« Les autres représentants de commerce mènent une vie de luxe. »

"Die ander reisende verkopers leef 'n lewe van luuksheid."

« Le matin, je transfère les ordres que j'ai reçus. »

"In die oggend dra ek die bestellings wat ek ontvang het, oor."

« Pendant ce temps, ces messieurs prennent encore leur petit-déjeuner. »

"Intussen eet daardie here nog ontbyt."

« Imaginez un peu si j'essayais de faire ça avec mon patron. »

"Dink net as ek dit met my baas probeer doen het."

«Il me licenciait avant même que j'aie fini mon petit-déjeuner.»

"Hy sou my afdank voordat ek my ontbyt klaargemaak het."

« Mais ce ne serait peut-être pas le pire non plus. »

"Maar miskien sou dit ook nie die ergste ding wees nie."

«Le problème, c'est que mes parents me freinent.»

"Die probleem is dat my ouers my terughou."

« Sans eux, j'aurais déjà démissionné. »

"As dit nie vir hulle was nie, sou ek reeds bedank het."

« J'aurais tenu tête au patron et je lui aurais dit. »

"Ek sou voor die baas opgestaan en hom vertel het."

« Je dirais exactement ce que je pense de lui et de son travail. »

"Ek sou presies sê wat ek van hom en die werk dink."

« Il tomberait de son bureau si je lui racontais tout ! »

"Hy sal van sy lessenaar afval as ek hom alles vertel!"

« Sa façon de s'asseoir à son bureau est très étrange. »

"Dit is baie vreemd hoe hy op sy lessenaar sit."

« Sa façon de parler à ses subordonnés n'est pas correcte. »

"Die manier waarop hy met sy ondergeskiktes praat, is nie reg nie."

« Et le pire, c'est que son ouïe est très mauvaise. »

"En die ergste is dat sy gehoor so swak is."

«Vous n'avez donc pas d'autre choix que de vous asseoir très près de lui.»

"So jy het geen ander keuse as om baie naby aan hom te sit nie."

« Cela dit, l'espoir n'est pas encore totalement perdu. »

"Maar met dit gesê, is hoop nog nie heeltemal verlore nie."

« Je vais économiser cet argent pour rembourser les dettes de mes parents. »

"Ek sal die geld spaar om my ouers se skuld af te betaal."

« Je ne peux rien faire tant qu'ils lui doivent de l'argent. »

"Ek kan niks doen terwyl hulle hom nog geld skuld nie."

« Mais une fois la dette remboursée, je le ferai sans aucun doute. »

"Maar wanneer die skuld betaal is, sal ek dit beslis doen."

« Cela prendra probablement encore cinq à six ans. »

"Dit sal waarskynlik nog vyf tot ses jaar duur."

« Oui, alors la grande séparation aura certainement lieu. »

"Ja, dan sal die groot skeiding definitief gemaak word."

« Pour le moment, je dois me lever. »

"Vir eers moet ek egter uit die bed klim."

« Parce que mon train part à cinq heures. »

"Want my trein gaan om vyfuur vertrek."

Gregor regarda le réveil qui tic-tac sur la table.

Gregor het na die wekker wat op die tafel tik, gekyk.

« Père céleste ! » pensa-t-il en regardant l'heure.

"Hemelse Vader!" het hy gedink toe hy die tyd sien.

Six heures et demie étaient déjà passées sans qu'on s'en aperçoive.

Halfsewe was reeds stilweg verby.

Et les aiguilles de l'horloge continuaient d'avancer d'elles-mêmes.

En die horlosie se wysers het aanhou om hulself vorentoe te beweeg.

Et il était presque sept heures quarante-cinq.

En nou het die tyd kwart voor sewe nader gekom.

« Peut-être que le réveil n'a pas sonné? » pensa-t-il.

"Miskien het die alarm nie gelui om my wakker te maak nie?" het hy gedink.

Depuis son lit, Gregor inspecta le réveil.

Vanuit sy bed het Gregor die wekker geïnspekteer.

Le réveil était correctement réglé sur quatre heures.

Die wekker was korrek gestel vir vieruur.

Il ne pouvait pas l'expliquer, mais l'alarme avait dû sonner.

Hy kon dit nie verduidelik nie, maar die alarm moes gelui het.

« Comment ai-je pu dormir sans m'en rendre compte après avoir entendu le réveil? »

"Hoe het ek deur die alarm geslaap sonder om te weet?"

Quand elle sonne, l'alarme fait même trembler les meubles.

Wanneer dit lui, skud die alarm selfs die meubels.

Il savait que son sommeil n'avait pas été du tout paisible.

Hy het geweet dat sy slaap glad nie vreedsaam was nie.

Mais c'est peut-être pour cela que son sommeil était beaucoup plus profond.

Maar miskien juis daarom was sy slaap baie dieper.

Il devait réfléchir à ce qu'il devait faire maintenant.

Hy moes dink oor wat hy nou moes doen.

Le train suivant ne partait qu'à sept heures.

Die volgende trein het eers om sewe-uur vertrek.

Prendre ce train serait quasiment impossible.

Om daardie trein te haal sou amper onmoontlik wees.

Et il n'avait pas encore emporté les textiles dont il avait besoin.

En hy het nog nie die tekstiele gepak wat hy nodig gehad het nie.

Il ne se sentait pas particulièrement frais et agile non plus.

Hy het ook nie besonder vars en rats gevoel nie.

Il y avait peut-être une chance de monter dans le train.

Miskien was daar 'n kans om op die trein te klim.

Mais une réprimande du patron était inévitable de toute façon.

Maar 'n berisping van die baas was in elk geval onvermydelik.

Le commis aurait pris le train de cinq heures.

Die klerk sou op die vyfuur-trein geklim het.

Le commis de bureau était une créature sans envergure, à la solde du patron.

Die kantoorklerk was 'n ruggraatlose skepsel van die baas s'n.

L'absence de Gregor aurait donc déjà été signalée.

So Gregor se afwesigheid sou reeds aangemeld gewees het.

« Et si je me faisais porter malade? » se demandait Gregor.

"Wat as ek siek meld?" het Gregor gewonder.

Mais ce serait extrêmement embarrassant et suspect.

Maar dit sou uiters verleentheid en verdag wees.

Gregor n'avait jamais été malade pendant la période où il avait travaillé là-bas.

Gregor was nog nooit siek in die tyd wat hy daar gewerk het nie.

Et il leur avait déjà consacré cinq années de service.

En hy het hulle reeds vyf jaar diens gegee.

Il y avait de fortes chances que le patron vienne prendre de ses nouvelles.

Die kanse was goed dat die baas sou kom om hom te ondersoek.

Il amènerait probablement le médecin de l'assurance maladie.

Hy sou waarskynlik die gesondheidsversekeringsdokter saambring.

Et il blâmait les parents pour la paresse de leur fils.

En hy sou die ouers blameer vir hul lui seun.

Ils ne pourraient formuler aucune objection à son égard.

Hulle sou geen beswaar teen hom kon maak nie.

Car pour lui, il n'y avait que deux sortes de travailleurs.

Want vir hom was daar net twee soorte werkers.

Soit les ouvriers étaient en parfaite santé, soit ils rechignaient à travailler.

Óf werkers was heeltemal gesond, óf werksku.

Et aurait-il même tort dans cette analyse de base?

En sou hy selfs verkeerd wees in daardie basiese analise?

Assurément, dans ce cas précis, son argument était solide.

Sekerlik, in hierdie geval het hy 'n sterk argument gehad.

Malgré son apparence, Gregor se sentait en réalité plutôt bien.

Ten spyte van sy voorkoms het Gregor eintlik heel goed gevoel.

Ce long sommeil inutile l'avait rendu un peu somnolent.

Die onnodige lang slaap het hom 'n bietjie lomerig gemaak.

Mais à part ça, il ne pouvait pas se plaindre de maladie.

Maar afgesien daarvan kon hy nie oor siekte kla nie.

Il ressentait même une faim particulièrement forte et saine.

Hy het selfs 'n besonder sterk en gesonde honger gevoel.

Tandis qu'il nourrissait ces pensées, l'horloge sonna de nouveau.

Terwyl hy aan hierdie gedagtes gedink het, het die klok weer geslaan.

Selon l'alarme, il était alors sept heures moins le quart.

Volgens die alarm was dit nou kwart voor sewe.

Et maintenant, on frappa doucement à la porte.

En nou was daar ook 'n sagte klop aan die deur.

« Gregor », l'appela quelqu'un – c'était sa mère.

"Gregor," het iemand na hom geroep – dit was die moeder.

« Il est sept heures moins le quart », a-t-elle confirmé en entendant l'alarme.

"Dis kwart voor sewe," het sy die alarm bevestig.

« Tu ne voulais pas partir? » demanda la douce voix.

"Wou jy nie weggaan nie?" het die sagte stem gevra.

Gregor eut peur en entendant sa voix répondre.

Gregor was bang toe hy sy stem hoor antwoord.

Sa voix était toujours la même.

Die stem was steeds die stem wat hy nog altyd gehad het.

Mais une nouvelle sonorité s'était désormais mêlée à sa voix.

Maar daar was nou 'n nuwe klank in sy stem gemeng.

Un couinement douloureux s'échappa également du plus profond de lui.

Uit diep binne hom het ook 'n pynlike piep gekom.

Au début, sa voix semblait former des mots avec clarté.

Aanvanklik het dit gelyk of sy stem woorde met helderheid vorm.

Mais alors, Gregor entendit l'écho mental de sa voix.

Maar toe hoor Gregor die geestelike eggo van sy stem.

L'enregistrement de sa voix s'est interrompu de façon étrange.

Die opname van sy stem het op 'n vreemde manier gebreek.

Et il n'était pas sûr d'avoir bien entendu.

En hy was nie seker of hy dinge reg gehoor het nie.

Gregor éprouvait un profond désir de donner une réponse détaillée.

Gregor het 'n diep begeerte gevoel om 'n gedetailleerde antwoord te gee.

Il voulait tout expliquer clairement à sa mère.

Hy wou alles duidelik aan sy ma verduidelik.

Mais, compte tenu des circonstances, il devait se limiter.

Maar, gegewe die omstandighede, moes hy homself beperk.

Et sa réponse fut beaucoup plus brève qu'il ne l'aurait souhaité.

En hy het baie korter geantwoord as wat hy sou wou hê.

"Oui maman, ne t'inquiète pas, merci, je suis déjà levée."

"Ja Ma, moenie bekommerd wees nie, dankie, ek is reeds op."

La porte en bois a probablement contribué à étouffer sa voix.

Die houtdeur het waarskynlik gehelp om sy stem te demp.

À l'extérieur, le changement dans la voix de Gregor est resté inaperçu.

Buite het die verandering in Gregor se stem ongemerk gebly.

La mère semblait satisfaite de son explication.

Die moeder het tevrede gelyk met sy verduideliking.

Et elle repartit aussi discrètement qu'elle était venue.

En sy het weer net so stil vertrek soos sy gekom het.

Mais cette petite conversation a eu un effet indésirable.

Maar die kort gesprek het 'n ongewenste uitwerking gehad.

Il a attiré l'attention des autres membres de la famille.

Hy het die aandag van die ander familielede getrek.

Gregor était toujours chez lui et n'était pas allé travailler.

Gregor was nog steeds by die huis en het nie werk toe gegaan nie.

Et maintenant, le père frappa lui aussi à la porte de côté.

En nou het die pa ook aan die sydeur geklop.

Il frappa faiblement, mais avec détermination, du poing.

Hy het swak, maar vasberade, met sy vuis geklop.

« Gregor, Gregor », appela-t-il, « quel est le problème ? »

"Gregor, Gregor," het hy geroep, "wat is die probleem?"

Au bout d'un moment, il avertit de nouveau d'une voix plus grave.

Na 'n rukkie het hy weer met 'n dieper stem gewaarsku.

Mais la sœur frappa alors à la porte de l'autre côté.

Maar aan die ander kant van die deur het die suster nou geklop.

« Gregor ? Tu ne te sens pas bien ? » demanda-t-elle doucement.

"Gregor? Gaan dit nie goed met jou nie?" het sy stil gevra.

« Avez-vous besoin de quelque chose ? » demanda-t-elle, inquiète.

"Is daar enigiets wat jy nodig het?" het sy bekommerd gevra.

Gregor a répondu aux deux parties : « J'ai déjà terminé. »

Gregor het beide kante geantwoord: "Ek is reeds klaar."

Il avait fait de son mieux pour prononcer tous les mots avec soin.

Hy het sy bes gedoen om al die woorde versigtig uit te spreek.

Et il a gommé tout ce qui était ostentatoire dans sa voix.

En hy het alles opvallend in sy stem verwyder.

Le père semblait également satisfait de la réponse.

Die pa het ook tevrede gelyk met die antwoord.

Et il retourna à son petit-déjeuner inachevé.

En hy het teruggekeer na sy onvoltooide ontbyt.

Mais la sœur murmura : « Gregor, ouvre la bouche, je t'en supplie. »

Maar die suster het gefluister: "Gregor, maak oop, ek smeek jou."

Mais son inquiétude à son égard ne parvenait en rien à l'émouvoir.

Maar haar besorgdheid oor hom kon hom geensins beweeg
nie.
Gregor n'avait aucune intention de lui ouvrir la porte.
Gregor het geen voorneme gehad om die deur vir haar oop te
maak nie.
**Ses voyages lui avaient permis d'acquérir certaines
habitudes de prudence.**
Hy het deur reis 'n paar versigtige gewoontes aangeleer.
Et il se félicita d'avoir verrouillé les portes.
En hy het homself geprys omdat hy die deure gesluit het.
**Il voulait d'abord se lever tranquillement, à son propre
rythme.**
Eers wou hy stilweg in sy eie tyd opstaan.
Et, sans être dérangé, il voulut s'habiller.
En, sonder om gesteur te word, wou hy aantrek.
Cela étant fait, il voulut ensuite prendre son petit-déjeuner.
Met dit bereik, wou hy toe ontbyt eet.
**Ce n'est qu'alors qu'il a souhaité examiner la situation plus
en détail.**
Eers toe wou hy die situasie verder oorweeg.
Il savait qu'il était inutile de faire des projets au lit.
Hy het geweet dit help nie om planne in die bed te maak nie.
Il serait impossible de parvenir à une conclusion sensée.
Om tot 'n sinvolle gevolgtrekking te kom, sou onmoontlik
wees.
**Il lui était déjà arrivé de se réveiller avec de légères
douleurs.**
Daar was ander kere wat hy met ligte pyne wakker geword
het.
**Ces douleurs se sont toujours révélées être de pures
inventions de l'imagination.**
Hierdie pyne het altyd suiwer verbeelding geblyk te wees.
En me levant du lit, la douleur disparaissait invariablement.
Toe ek uit die bed klim, verdwyn die pyn altyd.
Il était curieux de voir ce qu'il adviendrait de ces idées.
Hy was nuuskierig om te sien wat met hierdie idees sou
gebeur.

Le changement de sa voix était probablement dû à un rhume.

Die verandering in sy stem was waarskynlik net van 'n verkoue.

Le rhume est un risque professionnel courant pour les voyageurs.

Verkoudhede is net 'n beroepsgevaar vir reisigers.

Il ne doutait pas que c'était l'explication logique.

Hy het geen twyfel gehad dat dit die logiese verduideliking was nie.

Il s'est facilement dégagé de la couverture.

Dit was maklik om die kombers van homself af te kry.

Il lui suffisait d'inspirer et de se gonfler.

Al wat hy moes doen was om inasem te neem en homself op te blaas.

La couverture glissa de son corps et tomba sur le sol.

Die kombers het van sy lyf af gegly en op die vloer neergegly.

Son corps incroyablement large rendait d'autres choses difficiles.

Sy ongelooflik breë lyf het ander dinge moeilik gemaak.

Il aurait eu besoin de bras et de mains pour se tenir debout.

Hy sou arms en hande nodig gehad het om op te staan.

Mais il n'avait plus les membres qu'il avait autrefois.

Maar hy het nie die ledemate gehad wat hy vroeër gehad het nie.

Au lieu de bras et de mains, il avait plein de petites jambes.

In plaas van arms en hande het hy baie klein beentjies gehad.

Et ses jambes bougeaient sans cesse, sans qu'il puisse les contrôler.

En sy bene het aanhoudend beweeg, sonder sy beheer.

Il a essayé de plier une jambe, mais au lieu de cela, elle s'est étirée.

Hy het probeer om een been te buig, maar in plaas daarvan het dit gestrek.

Il parvint finalement à contrôler une jambe.

Hy het uiteindelik daarin geslaag om een been onder beheer te kry.

Mais ensuite, le mouvement des autres pattes a été libéré.
Maar toe is die beweging van die ander bene vrygestel.
Et toutes ses jambes frémissaient d'excitation extrême.
En al sy bene het gebewe van uiterste opgewondenheid.
Il a d'abord voulu sortir le bas de son corps du lit.
Eers wou hy sy onderlyf uit die bed kry.
Mais il n'avait pas encore vu le bas de son corps.
Maar hy het nog nie eintlik sy onderlyf gesien nie.
**Et de toute façon, déplacer cette pièce s'est avéré trop
difficile.**
En dit was in elk geval te moeilik om hierdie deel te skuif.
Finalement, de toutes ses forces, il fit un geste audacieux.
Uiteindelik, met al sy krag, het hy een wilde skuif gemaak.
Sans plus hésiter, il s'avança.
Sonder verdere aarseling het hy vorentoe beweeg.
Mais il avait choisi la mauvaise direction.
Maar hy het die verkeerde rigting gekies om in te beweeg.
**Il s'est violemment cogné le corps contre le montant
inférieur du lit.**
Hy het sy liggaam hewig teen die onderste bedpaal geslaan.
**La douleur brûlante qu'il ressentait lui a appris une
précieuse leçon.**
Die brandende pyn wat hy gevoel het, het hom 'n waardevolle
les geleer.
**La partie inférieure de son corps était peut-être plus
sensible.**
Die onderste deel van sy lyf was dalk meer sensitief.
Il a donc commencé par sortir le haut de son corps du lit.
So het hy probeer om eers sy bolyf uit die bed te kry.
Il tourna prudemment la tête dans la bonne direction.
Hy het sy kop versigtig in die regte rigting gedraai.
Et bientôt, sa tête se retrouva face au bord du lit.
En gou was sy kop teen die rand van die bed.
Ce mouvement prudent lui était en réalité facile.
Hierdie versigtige beweging was eintlik maklik vir hom.
**Et sa largeur et son poids ne l'empêchaient pas de se
déplacer.**

En sy breedte en gewig het nie sy beweging gestuit nie.

La masse de son corps suivit lentement le mouvement de sa tête.

Sy liggaam se massa het stadig die draai van sy kop gevolg.

Mais ensuite, il a passé la tête au-dessus du bord du lit.

Maar toe hou hy sy kop oor die rand van die bed.

Et il dut faire face à une nouvelle peur à laquelle il n'avait pas encore pensé.

En hy het 'n nuwe vrees in die gesig gestaar waaraan hy nog nie gedink het nie.

Poursuivre dans cette voie pourrait s'avérer dangereux.

Om verder op hierdie manier te vorder, kan gevaarlik wees.

Il pensait qu'il allait simplement se laisser tomber.

Hy het gedink hy gaan homself net laat val.

Mais ce serait un miracle s'il ne s'était pas blessé à la tête.

Maar dit sou 'n wonderwerk wees as hy nie sy kop beseer het nie.

Ce n'était pas le moment de risquer de perdre connaissance.

Nou was nie die tyd om die risiko te loop om bewussyn te verloor nie.

Finalement, il vaudrait peut-être mieux rester au lit.

Miskien sou dit beter wees om uiteindelik in die bed te bly.

Mais il devait ensuite faire le même effort pour revenir.

Maar toe moes hy dieselfde poging aanwend om terug te kom.

Après tous ces efforts, il était allongé là, exactement comme avant.

Na al daardie moeite het hy daar gelê net soos voorheen.

Et maintenant, ses jambes semblaient encore plus en colère qu'elles ne l'avaient été.

En nou het sy bene selfs kwaaier gelyk as wat hulle was.

Les mouvements de sa jambe étaient devenus encore plus incontrôlables.

Sy been se bewegings het selfs meer onbeheerbaar geword.

Il ne voyait aucun moyen de sortir de la situation dans laquelle il se trouvait.

Hy het geen manier gesien om uit die situasie waarin hy was, te kom nie.

Il était impossible de faire émerger la paix et l'ordre de ce chaos.

Vrede en orde kon nie uit hierdie chaos gebring word nie.

Mais il savait que rester au lit n'était pas une option non plus.

Maar hy het geweet om in die bed te bly was ook nie 'n opsie nie.

Tout sacrifier était l'option la plus sensée.

Om alles op te offer was die verstandigste opsie.

Il s'accrochait au moindre espoir de pouvoir se lever.

Hy het vasgehou aan die geringste hoop om uit die bed te kom.

S'il y parvenait, tous les risques en auraient valu la peine.

As hy dit reggekry het, sou alle risiko die moeite werd gewees het.

Mais il se souvenait aussi d'autre chose en même temps.

Maar hy het terselfdertyd ook iets anders onthou.

« Mieux vaut réfléchir sereinement que de prendre des décisions désespérées. »

"Beter as desperate besluite is kalm besinning."

Il concentra tous ses efforts sur la fenêtre.

Met al sy moeite het hy sy oë op die venster gefokus.

Mais ce qu'il vit ne lui insuffla guère de confiance ni de joie.

Maar wat hy gesien het, het min vertroue en vrolikheid gebring.

La brume matinale enveloppait toute la rue étroite.

Die oggendmis het die hele nou straat bedek.

Le réveil sonna à nouveau ; il était maintenant sept heures.

Die wekker het weer gelui; nou was dit sewe-uur.

« Il est déjà sept heures et il y a encore un épais brouillard. »

"Dit is al sewe-uur en daar is nog steeds so 'n mis."

Il resta un moment allongé, immobile, respirant faiblement.

Vir 'n rukkie het hy stil gelê en net swak asemgehaal.

Un peu de calme permettrait peut-être de retrouver une certaine normalité.

Miskien sal 'n bietjie stilte 'n mate van normaliteit bring.

Un silence complet pourrait engendrer les conditions réelles.

Volslae stilte kan die werklike toestande teweegbring.
Mais avant que l'horloge ne sonne à nouveau, il rompit le silence.
Maar voordat die klok weer geslaan het, het hy die stilte verbreek.
«Avant que l'horloge ne sonne à nouveau, je dois être levé.»
"Voordat die klok weer slaan, moet ek uit die bed wees."
« Je dois absolument être complètement levé à ce moment-là. »
"Ek moet absoluut heeltemal uit die bed wees teen daardie tyd."
« Après 19h15, le bureau enverra quelqu'un. »
"Ná kwart oor agt sal die kantoor iemand stuur."
"Parce que le bureau ouvrait avant sept heures."
"Omdat die kantoor voor sewe-uur oopgemaak het."
Et il commença alors à se balancer hors du lit.
En hy het nou sy lyf uit die bed begin wieg.
Il avait cessé de se concentrer sur le haut ou le bas de son corps.
Hy het opgehou om op sy bo- of onderlyf te fokus.
Il fallut sortir tout son corps du lit.
Die hele lengte van sy liggaam moes die bed verlaat.
Tomber de cette façon devrait protéger sa tête, pensa-t-il.
Om so te val behoort sy kop te beskerm, het hy gedink.
Il avait prévu de relever la tête lorsqu'il toucherait le sol.
Hy het beplan om sy kop op te lig toe hy die grond tref.
Son dos semblait suffisamment robuste pour encaisser le choc.
Die agterkant van sy lyf het hard genoeg gelyk vir die impak.
Et le tapis était là pour amortir l'atterrissage.
En die mat was daar om die landing te versag.
Ce qui le préoccupait le plus, cependant, c'était le bruit assourdissant.
Sy grootste bekommernis was egter die harde geraas.
Le bruit fracassant effrayerait tous les occupants de la maison.
Die gekraakgeluid sou almal in die huis bang maak.

Peut-être que le bruit fort ne les terrifierait pas.
Miskien sou hulle nie bang wees vir die harde geraas nie.
Mais ils seraient certainement inquiets s'ils l'apprenaient.
Maar hulle sou sekerlik bekommerd wees as hulle dit hoor.
Mais il fallait prendre le risque d'attirer l'attention.
Maar die risiko om aandag te trek moes geneem word.
La nouvelle méthode s'apparentait davantage à un jeu qu'à un effort.
Die nuwe metode was meer van 'n spel as 'n poging.
Il devait balancer son corps par mouvements brusques et saccadés.
Hy moes sy lyf in skielike en rukkerige bewegings wieg.
Gregor était déjà à moitié sorti du lit.
Gregor was reeds halfpad uit die bed.
Une nouvelle idée venait de lui traverser l'esprit.
Nou was daar 'n nuwe gedagte wat by hom opgekom het.
« Tout serait si facile si quelqu'un venait à mon secours. »
"Dit sou alles so maklik wees as iemand my te hulp sou kom."
« Deux personnes fortes suffiraient amplement. »
"Twee sterk mense sou heeltemal voldoende wees."
Son père et la servante seraient assez forts.
Sy pa en die bediende sou sterk genoeg wees.
Il leur suffirait de glisser leurs bras sous son dos.
Hulle sou net hul arms onder sy rug moes inskuif.
Et ensuite, ils pourraient facilement le sortir du lit.
En toe kon hulle hom maklik uit die bed skil.
Peut-être auraient-ils dû réduire son poids progressivement.
Miskien sou hulle sy gewig stadig moes verminder het.
Alors, espérons-le, les jambes auraient trouvé leur utilité.
Hopelik sou die bene dan hul doel gevind het.
« Ne serait-il pas préférable, après tout, de demander de l'aide? »
"Sou dit nie beter wees om hulp te ontbied nie?"
Le problème, bien sûr, c'est qu'il avait verrouillé les portes.
Die probleem was natuurlik dat hy die deure gesluit het.
Il y avait quelque chose dans cette idée qui le chatouillait.
Daar was iets omtrent die gedagte wat hom gegril het.

Et malgré ses difficultés, il ne put réprimer un sourire.
En ten spyte van sy ontbering, kon hy nie 'n glimlag
onderdruk nie.
Il était déjà sur le point de perdre l'équilibre.
Hy was nou reeds naby daaraan om sy balans te verloor.
**Chaque balancement le rapprochait un peu plus du moment
où il basculerait du lit.**
Elke swaai het hom nader daaraan gebring om van die bed af
te kantel.
Il allait bientôt devoir prendre la décision finale.
Binnekort sou hy die finale besluit moes neem.
Dans cinq minutes, il serait sept heures et quart.
Oor vyf minute sou dit kwart oor sewe wees.
**Tandis qu'il était plongé dans ces pensées, la sonnette
retentit.**
Terwyl hy hierdie gedagtes gehad het, lui die deurklokkie.
« C'est quelqu'un du bureau », se dit-il.
"Dis iemand van die kantoor," het hy vir homself gesê.
Et il fut presque paralysé de peur à cause du visiteur.
En hy het amper gevries van vrees as gevolg van die besoeker.
**Ses jambes s'agitaient encore plus sauvagement
qu'auparavant.**
Sy bene het selfs wilder gedans as voorheen.
Mais ensuite, pendant un instant, tout resta silencieux.
Maar toe, vir 'n oomblik, het alles stil gebly.
« Ils n'ouvriront pas la porte », se dit Gregor.
"Hulle sal nie die deur oopmaak nie," het Gregor vir homself
gesê.
Il était encore prisonnier d'un espoir insensé.
Hy was steeds vasgevang in 'n soort sinnelose hoop.
Mais ensuite, bien sûr, la bonne s'est dirigée vers la porte.
Maar toe, natuurlik, stap die bediende na die deur toe.
Et, comme toujours, elle ouvrit la porte au visiteur.
En, soos altyd, het sy die deur vir die besoeker oopgemaak.
**Gregor n'avait besoin d'entendre que les premiers mots de
bienvenue du visiteur.**
Gregor hoef net die besoeker se eerste groet te hoor.

Il a tout de suite compris qui était venu le chercher.
Hy kon dadelik sien wie vir hom gekom het.
Le chef de bureau en personne était venu prendre des nouvelles de Samsa.
Die hoofklerk self het gekom om Samsa te ondersoek.
Pourquoi Gregor était-il le seul à être condamné à un tel sort?
Waarom was Gregor die enigste een wat tot hierdie lot veroordeel is?
Pourquoi lui seul a-t-il dû servir dans une telle organisation?
Waarom moes net hy in so 'n organisasie dien?
Le moindre oubli éveillait immédiatement les soupçons.
Die geringste oorsig het onmiddellik agterdog gewek.
Tous les employés qui travaillaient là-bas étaient-ils des scélérats?
Was al die werknemers wat daar gewerk het skurke?
N'y avait-il donc parmi eux aucune personne fidèle et dévouée?
Was daar geen getroue en toegewyde persoon onder hulle nie?
N'auraient-ils pas pu simplement envoyer un apprenti?
Kon hulle nie maar net 'n vakleerling oorstuur het nie?
Toutes ces interrogations étaient-elles vraiment nécessaires?
Was al hierdie ondervraging werklik enigsins nodig?
Le représentant autorisé devait-il se déplacer en personne?
Moes die gemagtigde verteenwoordiger self kom?
Fallait-il vraiment informer toute la famille innocente?
Moes die hele onskuldige familie ingelig word?
Toutes ces considérations ont poussé Gregor à agir.
Al hierdie oorwegings het Gregor tot aksie beweeg.
Il se hissa hors du lit de toutes ses forces.
Hy het homself met al sy mag uit die bed geswaai.
Il y a eu une forte détonation, mais ce n'était pas vraiment un bruit.
Daar was 'n harde slag, maar dit was nie regtig 'n geraas nie.
La chute avait été légèrement amortie par le tapis.
Die val was effens versag deur die mat.

Son dos était plus élastique que Gregor ne l'avait imaginé.
Sy rug was meer elasties as wat Gregor gedink het.
Le son était donc plus sourd et moins perceptible.
So die klank was meer dof, en nie so opvallend nie.
Mais il n'avait pas fait attention à sa tête pendant sa chute.
Maar hy het nie na sy kop omgesien tydens die val nie.
Et lorsqu'il a touché le sol, il s'est aussi cogné la tête.
En toe hy die grond tref, het hy ook sy kop gestamp.
Il se frotta la tête sur le tapis, en colère et souffrant.
Hy het sy kop op die mat gevryf van woede en pyn.
Mais le gérant, qui se trouvait dans la pièce d'à côté, a entendu le bruit.
Maar die bestuurder in die kamer langsaan het die geraas gehoor.
« Quelque chose est tombé là-dedans », a-t-il observé avec justesse.
"Iets het daar ingeval," het hy tereg opgemerk.
Gregor essaya d'imaginer le manager dans sa situation.
Gregor het probeer om die bestuurder in sy situasie voor te stel.
« La même chose pourrait-elle lui arriver? » se demanda-t-il.
"Kan dieselfde met hom gebeur?" het hy gewonder.
Il a admis que cet étrange événement pouvait être possible.
Hy het aanvaar dat hierdie vreemde gebeurtenis moontlik kon wees.
Puis le chef de bureau fit quelques pas vers la pièce.
En toe het die hoofklerk 'n paar treë na die kamer gegee.
C'était presque une réponse grossière à la question qu'il avait posée.
Dit was amper 'n growwe antwoord op die vraag wat hy gevra het.
Ses bottes en cuir grinçaient lorsqu'il s'approcha de la porte.
Sy leerstewels het gekraak toe hy die deur nader.
Depuis la pièce située à sa droite, sa servante lui chuchota quelque chose.
Vanuit die kamer aan sy regterkant het sy bediende vir hom gefluister.

"Gregor, le représentant autorisé est ici."

"Gregor, die gemagtigde verteenwoordiger is hier."

« Je sais », dit Gregor, mais seulement à voix basse pour lui-même.

"Ek weet," het Gregor gesê, maar net stil vir homself.

Il n'osait pas élever la voix au-dessus d'un murmure.

Hy het nie gewaag om sy stem bo 'n fluistering te verhef nie.

Parce que Gregor ne voulait pas que sa sœur l'entende.

Omdat Gregor nie wou hê sy suster moes hom hoor nie.

« Gregor », dit le père depuis la pièce de gauche.

"Gregor," het die pa vanuit die kamer aan die linkerkant gesê.

«Le responsable est venu vérifier quel est le problème.»

"Die bestuurder het gekom om te kyk wat die probleem is."

« Il vous a demandé pourquoi vous n'aviez pas pris le premier train. »

"Hy het gevra hoekom jy nie met die vroeë trein vertrek het nie."

« Nous ne savons pas quoi lui dire », a déclaré le père.

"Ons weet nie wat om vir hom te sê nie," het die pa gesê.

« D'ailleurs, il souhaite également vous parler personnellement. »

"Terloops, hy wil ook persoonlik met jou praat."

« Veuillez ouvrir la porte, afin qu'il puisse vous parler. »

"Maak asseblief die deur oop, sodat hy met jou kan praat."

« Il aura la gentillesse d'excuser le désordre dans la chambre. »

"Hy sal so gaaf wees om die gemors in die kamer te verskoon."

« Bonjour, Monsieur Samsa », lui lança le directeur.

"Goeiemôre, mnr. Samsa," het die bestuurder na hom geroep.

Et il lui a certainement parlé de manière amicale.

En hy het beslis op 'n vriendelike manier met hom gepraat.

« Il ne se sent pas bien », dit la mère au gérant.

"Hy is nie gesond nie," het die ma vir die bestuurder gesê.

« Il ne va pas bien du tout, croyez-moi, cher manager. »

"Hy is glad nie gesond nie, glo my, liewe bestuurder."

« Sinon, pourquoi Gregor aurait-il raté le train du matin? »

"Waarom anders sou Gregor die oggendtrein mis?"

«Le garçon ne pense qu'à ses affaires.»
"Die seun het niks anders op sy gedagtes as die besigheid nie."
« Cela m'agace presque qu'il ne fasse rien d'autre. »
"Dit irriteer my amper dat hy niks anders doen nie."
« J'aimerais qu'il sorte le soir pour prendre l'air. »
"Ek wens hy het saans uitgegaan vir vars lug."
« Il était en ville pendant huit jours pour affaires. »
"Hy was agt dae lank in die stad vir besigheid."
« Mais il était chez lui tous les soirs. »
"Maar toe was hy elkeen van daardie aande by die huis"
«Il s'assoit à notre table et lit le journal.»
"Hy sit aan ons tafel en lees die koerant."
« À d'autres moments, il étudie les horaires des trains. »
"Op ander tye bestudeer hy die treinroosters."
«Il lui arrive de s'occuper en faisant de la menuiserie.»
"Soms hou hy homself wel besig met timmerwerk."
« Par exemple, il a sculpté un petit cadre photo en bois. »
"Hy het byvoorbeeld 'n klein hout prentraam gekerf."
« Pendant deux ou trois soirées, il était occupé avec la scie. »
"Oor twee of drie aande was hy besig met die saag."
«Vous serez étonné(e) de voir à quel point le cadre photo est joli.»
"Jy sal verbaas wees oor hoe mooi die prentraam is."
«Il a accroché le cadre photo dans sa chambre.»
"Hy het die prentraam in sy kamer opgehang."
« Quand il ouvrira la porte, vous verrez ses boiseries. »
"Wanneer hy die deur oopmaak, sal jy sy houtwerk sien."
« Au fait, je suis ravi que vous soyez ici, Monsieur Prokurist. »
"Terloops, ek is bly u is hier, mnr. Prokurist."
« Nous n'aurions pas pu, à nous seuls, forcer Gregor à ouvrir la porte. »
"Ons alleen kon Gregor nie die deur laat oopmaak het nie."
« Il est tellement têtu », a avoué sa mère au vendeur.
"Hy is so koppig," het sy ma aan die klerk bely.
« Il est certainement malade, même s'il l'a nié auparavant. »
"Hy is beslis ongesteld, alhoewel hy dit voorheen ontken het."

« J'arrive tout de suite », dit Gregor lentement et prudemment.

"Ek sal nou daar wees," het Gregor stadig en versigtig gesê.

Mais il ne fit aucun mouvement vers la porte de la pièce.

Maar hy het geen beweging in die rigting van die kamerdeur gemaak nie.

Il ne voulait pas perdre un seul mot de la conversation.

Hy wou nie 'n woord van die gesprek verloor nie.

Le chef de bureau a approuvé l'évaluation de la mère.

Die hoofklerk het met die moeder se assessering saamgestem.

« Je ne peux pas l'expliquer autrement non plus, madame. »

"Ek kan dit ook nie anders verduidelik nie, mevrou."

« Espérons tous qu'il ne souffre d'aucune maladie grave », a-t-il déclaré.

"Laat ons almal hoop dat hy geen ernstige siekte het nie," het hy gesê.

« D'un autre côté, c'est un risque pour notre secteur. »

"Aan die ander kant is dit 'n gevaar in ons bedryf."

« Nous, les hommes d'affaires, devons souvent surmonter un certain malaise. »

"Ons sakemense moet dikwels ongemak oorkom."

« Les professionnels doivent simplement faire abstraction des petites douleurs. »

"Professionele persone moet net deur effense pyne druk."

Pendant ce temps, son père frappa de nouveau à l'autre porte.

Intussen het sy pa weer aan die ander deur geklop.

« Le chef de bureau peut-il entrer maintenant? » demanda-t-il.

"Kan die hoofklerk nou inkom?" wou hy weet.

« Non, il ne peut pas », répondit Gregor à la question de son père.

"Nee, hy kan nie," het Gregor op sy pa se vraag geantwoord.

Un silence gênant s'installa dans la pièce de gauche.

'n Ongemaklike stilte het in die kamer aan die linkerkant neergesak.

Dans la pièce de droite, la sœur se mit à sangloter.

In die kamer aan die regterkant het die suster begin huil.

Pourquoi la sœur n'était-elle pas partie rejoindre les autres?

Waarom het die suster nie gegaan om by die ander te wees nie?

Elle venait probablement de se lever, pensa-t-il.

Sy het waarskynlik pas uit die bed geklim, het hy gedink.

Elle n'a peut-être même pas encore commencé à s'habiller.

Sy het dalk nog nie eers begin aantrek nie.

Mais Gregor ne comprenait pas pourquoi elle pleurait.

Maar Gregor kon nie verstaan hoekom sy gehuil het nie.

Était-ce parce qu'il ne s'était pas levé pour laisser entrer le directeur?

Was dit omdat hy nie opgestaan en die bestuurder ingelaat het nie?

Était-ce parce qu'il risquait de perdre son emploi?

Was dit omdat hy in gevaar was om sy werk te verloor?

Le patron pourrait-il s'en prendre aux parents comme avant?

Kan die baas dalk agter die ouers aankom soos voorheen?

Allait-il leur formuler à nouveau les mêmes exigences qu'auparavant?

Sou hy weer die ou eise aan hulle stel?

Il n'y avait probablement pas lieu de s'inquiéter de ces choses-là.

Oor hierdie dinge hoef mens waarskynlik nie bekommerd te wees nie.

Pour le moment, elle n'avait aucune raison de pleurer.

Vir eers het sy geen rede gehad om te huil nie.

Gregor était toujours là, subvenant aux besoins de sa famille.

Gregor was steeds hier en het vir die gesin gesorg.

Et il n'a jamais eu l'intention de quitter sa famille.

En hy het nooit enige voorneme gehad om die familie te verlaat nie.

Pour le moment, il restait simplement allongé là, sur le tapis.

Vir eers het hy net daar op die mat gelê.

La famille ignorait son état.

Die familie het nie geweet in watter toestand hy was nie.

S'ils avaient su, ils n'auraient pas encouragé son patron.

As hulle geweet het, sou hulle nie sy baas aangemoedig het nie.

Ils n'auraient même pas laissé entrer le gérant.

Hulle sou nie eens die bestuurder in die huis toegelaat het nie.

Le refouler n'aurait pas été particulièrement impoli.

Om hom weg te wys sou nie besonder onbeskof gewees het nie.

Il aurait facilement pu trouver une excuse convenable plus tard.

Hy kon later maklik 'n geskikte verskoning gevind het.

Ce n'était pas un motif de licenciement.

Dit was nie iets waarvoor hy afgedank kon word nie.

Gregor pensait qu'il serait plus judicieux de le laisser tranquille désormais.

Gregor het gevoel dat dit nou meer sinvol sou wees om alleen gelaat te word.

Le déranger en pleurant et en parlant n'a pas beaucoup aidé.

Om hom met gehuil en gepraat te steur, het min bereik.

Mais c'était l'incertitude qui inquiétait les autres.

Maar dit was die onsekerheid wat die ander gepla het.

Et c'est cette incertitude qui a excusé leur comportement.

En dit was hierdie onsekerheid wat hul gedrag verskoon het.

« Monsieur Samsa », appela le directeur d'une voix forte.

"Meneer Samsa," het die bestuurder met verhewe stem uitgeroep.

« Qu'est-ce qui se passe avec toi? » a-t-il voulu savoir.

"Wat gaan aan met jou?" wou hy weet.

« Tu t'es barricadé dans ta chambre. »

"Jy het jouself in jou kamer versper."

«Vous ne pouvez répondre que par «oui» ou «non».»

"Jy antwoord slegs met 'n 'ja' of 'nee'."

«Vous causez de sérieux soucis à vos parents.»

"Jy veroorsaak ernstige bekommernisse vir jou ouers."

« Je ne vois pas de bonne raison de les inquiéter. »

"Ek kan nie 'n goeie rede sien waarom jy hulle sou bekommer nie."

« Il y a une autre chose que je mentionnerai en passant. »
"Daar is nog een ding wat ek terloops sal noem."
«Vous négligez également vos obligations professionnelles envers nous.»
"Jy versuim ook jou sakepligte teenoor ons."
« Une telle irresponsabilité ne vous ressemble pas du tout. »
"Sulke onverantwoordelikheid is heeltemal buite jou karakter."
« Je parle ici au nom de vos parents et de votre patron. »
"Ek praat hier namens jou ouers en jou baas."
« Et je vous demande une explication immédiate et claire. »
"En ek vra u vir 'n onmiddellike en duidelike verduideliking."
« Je dois dire que tout cela m'étonne vraiment. »
"Hierdie hele ding verbaas my regtig, ek moet sê."
« Je pensais vous connaître comme une personne calme et raisonnable. »
"Ek het gedink ek ken jou as 'n kalm en redelike persoon."
« Mais maintenant, tu nous montres une autre facette de toi. »
"Maar nou wys jy vir ons 'n ander kant van jouself."
«Vous faites soudain preuve de vos caprices très particuliers.»
"Skielik wys jy jou baie eienaardige grille."
« Mais il pourrait y avoir une explication à votre échec. »
"Maar daar mag dalk 'n verduideliking wees vir jou mislukking."
« Le patron a mentionné une dette que vous aviez recouvrée pour nous. »
"Die baas het 'n skuld genoem wat jy vir ons ingevorder het."
« J'ai donné ma parole d'honneur au patron en votre nom. »
"Ek het die baas my erewoord namens jou gegee."
« Mais maintenant je vois votre obstination incompréhensible. »
"Maar nou sien ek jou onbegryplike koppigheid."
« Je pourrais encore perdre toute envie de vous aider. »
"Ek kan dalk steeds al my begeerte verloor om jou hoegenaamd te help."

«Votre sécurité d'emploi n'est en aucun cas totalement
stable.»
"Jou werksekerheid is geensins heeltemal stabiel nie."
« À l'origine, je comptais vous dire tout cela en privé. »
"Ek wou jou oorspronklik al hierdie dinge privaat vertel."
« Mais maintenant je vois que vous voulez que je perde mon
temps ici. »
"Maar nou sien ek jy wil hê ek moet my tyd hier mors."
«Je ne vois donc aucune raison pour que vos parents ne le
sachent pas.»
"So ek sien geen rede waarom jou ouers nie moet weet nie."
«Vos récentes performances n'ont pas été satisfaisantes.»
"Jou onlangse prestasie was nie bevredigend nie."
« Je reconnais que les ventes sont plus lentes à cette période
de l'année. »
"Ek gee toe dat verkope hierdie tyd van die jaar stadiger is."
« Mais il n'y a pas de période de l'année où il n'y a pas de
ventes. »
"Maar daar is geen tyd van die jaar vir geen verkope nie."
Pendant un instant, Gregor oublia tout ce qui l'entourait.
Vir 'n oomblik vergeet Gregor alles rondom homself.
« Mais Monsieur Prokurist ! » s'écria Gregor, désespéré.
"Maar mnr. Prokurist," het Gregor wanhopig uitgeroep.
« J'ouvre la porte tout de suite, maintenant, ne vous
inquiétez pas. »
"Ek sal die deur dadelik oopmaak, moenie bekommerd wees
nie."
«Le problème, c'est que je ne me sens pas très bien.»
"Die probleem is dat ek nogal sleg voel."
« Mes vertiges m'ont empêché d'atteindre la porte. »
"My duiseligheid het my verhoed om by die deur uit te kom."
« Je suis encore au lit, mais je me sens beaucoup mieux. »
"Ek lê nog steeds in die bed, maar ek voel baie beter."
«Un instant, s'il vous plaît, je viens de me lever.»
"Wag asseblief net 'n oomblik, ek klim nou net uit die bed."
« Un instant de patience, c'est tout ce que je vous demande,
Monsieur Prokurist. »

"'n Oomblik se geduld is al wat ek vra, mnr. Prokurist."

« Ça ne se passe pas aussi bien que je le pensais, mais ça ira. »

"Dit gaan nie so goed soos ek gedink het nie, maar ek sal oukei wees."

« Comment une telle chose peut-elle arriver à une personne aussi rapidement? »

"Hoe kan so iets so vinnig met 'n mens gebeur?"

« Je me sentais bien hier soir, mes parents le savent. »

"Ek het gisteraand goed gevoel, my ouers weet dit."

« Mais peut-être avais-je déjà un petit pressentiment à ce moment-là. »

"Maar miskien het ek toe reeds 'n klein voorgevoel gehad."

«Vous pourriez vous demander pourquoi je ne l'ai pas signalé au bureau.»

"Jy mag dalk vra hoekom ek dit nie by die kantoor aangemeld het nie."

« Je pensais que je me sentirais beaucoup mieux demain matin. »

"Ek het gedink ek sou môreoggend weer baie beter voel."

« On pense toujours qu'ils auront vaincu la maladie d'ici là. »

"'n Mens dink altyd hulle sal die siekte teen daardie tyd oorkom."

« Mais je vous en prie ! Épargnez mes parents de ces accusations ! »

"Maar asseblief! Spaar my ouers van hierdie beskuldigings!"

« On ne m'a pas dit un mot de ce que vous m'avez dit. »

"Ek is nie 'n woord vertel van wat jy my vertel het nie."

« Il se peut que vous n'ayez pas lu les dernières commandes que j'ai envoyées. »

"Jy het dalk nie die laaste bevele gelees wat ek uitgestuur het nie."

« Au fait, vous n'avez pas à vous inquiéter pour moi aujourd'hui. »

"Terloops, jy hoef jou nie vandag oor my te bekommer nie."

«Je vais quand même prendre le train de huit heures.»

"Ek gaan steeds die agtuur-trein neem."

« Ces quelques heures de repos m'ont suffisamment revigoré. »

"Die paar uur se rus het my genoeg versterk."

« Vous n'avez vraiment pas besoin d'attendre, manager. »

"Daar is regtig geen nodigheid vir u om te wag nie, bestuurder."

« Moi aussi, je serai bientôt au bureau. »

"Ek sal ook binnekort self in die kantoor wees."

« Et s'il vous plaît, ayez la gentillesse de dire un mot en ma faveur. »

"En wees asseblief so gaaf om 'n goeie woordjie vir my in te sit."

Gregor avait donné son explication assez précipitamment.

Gregor het sy verduideliking nogal haastig uitgespreek.

Il ne savait pas vraiment ce qu'il essayait de dire.

Hy het skaars geweet wat hy eintlik probeer sê het.

Il s'est approché de la boîte et a essayé de s'en servir pour se lever.

Hy het na die boks gegaan en probeer om dit te gebruik om op te staan.

Il avait vraiment l'intention d'ouvrir la porte.

Hy het werklik elke voorneme gehad om die deur oop te maak.

Il souhaitait être reçu par le représentant autorisé.

Hy wou deur die gemagtigde verteenwoordiger gesien word.

Et il voulait régler le problème avec lui personnellement.

En hy wou die probleem persoonlik saam met hom oplos.

Il était impatient de savoir comment les autres réagiraient à son égard.

Hy was gretig om te weet hoe die ander op hom sou reageer.

Ils doivent maintenant être impatients de savoir comment il va.

Hulle moet nou ook gretig wees om te sien hoe dit met hom gaan.

Il y avait deux façons possibles dont ils pouvaient réagir face à lui.

Daar was twee moontlike maniere waarop hulle op hom kon reageer.

Une possibilité était qu'ils aient peur.

Een moontlikheid was dat hulle bang sou wees.

S'ils avaient peur, alors il n'en était pas responsable.

As hulle bang was, dan het hy geen verantwoordelikheid gehad nie.

Et alors, il n'aurait plus à s'inquiéter de la situation.

En dan sou hy hom nie oor die situasie hoef te bekommer nie.

Mais il y avait aussi une autre possibilité à envisager.

Maar daar was ook 'n ander moontlikheid om oor na te dink.

Peut-être accepteraient-ils sereinement sa personnalité.

Miskien sou hulle kalm aanvaar hoe hy was.

Gregor n'aurait alors aucune raison de se fâcher non plus.

Dan sou Gregor ook geen rede hê om ontsteld te raak nie.

Il y aurait encore assez de temps pour prendre le train.

Daar sou nog genoeg tyd wees om die trein te haal.

Cependant, se tenir debout n'était pas une tâche facile.

Om regop te staan was egter geensins 'n maklike taak nie.

Lors de ses premières tentatives, il a glissé hors de la boîte.

Met sy eerste paar pogings het hy van die boks afgegly.

La boîte était trop lisse pour qu'il puisse s'y appuyer.

Die boks was te glad vir hom om daarteen op te staan.

Et finalement, il se donna un dernier effort pour se relever.

En uiteindelik het hy homself een laaste stoot gegee om op te staan.

Il ne prêta plus attention à la douleur qu'il ressentait à l'abdomen.

Hy het nie meer aandag aan die pyn in sy buik gegee nie.

Peu importe l'intensité de la douleur, il la surmonterait.

Maak nie saak hoeveel pyn dit was nie, hy sou daardeur kom.

Il se laissa tomber contre le dossier d'une chaise voisine.

Hy het homself teen die rugleuning van 'n nabygeleë stoel laat val.

Et il s'accrochait aux bords avec ses petites jambes.

En hy het met sy klein beentjies aan die kante vasgehou.

À ce stade, il avait repris le contrôle de lui-même.

Hy het op hierdie stadium meer beheer oor homself gekry.

Et sa chute fut plus silencieuse que la précédente.

En sy val was stiller as die vorige een.

Parce qu'il devait écouter ce que disait le manager.

Omdat hy moes luister na wat die bestuurder gesê het.

« Avez-vous compris quelque chose à tout cela? » demanda-t-il aux parents.

"Het julle enigiets daarvan verstaan?" het hy die ouers gevra.

« Il ne se moquerait pas de nous, n'est-ce pas? »

"Hy sou ons tog nie belaglik maak nie, nè?"

« Pour l'amour de Dieu ! » s'écria la mère, déjà en larmes.

"Ter wille van God," roep die moeder, reeds huilend.

« Il est peut-être gravement malade et nous le tourmentons. »

"Hy is dalk ernstig siek en ons pynig hom."

« Grete ! Grete ! » cria-t-elle à sa fille.

"Grete! Grete!" het sy vir die dogter geskree.

« Maman? » appela la sœur de l'autre côté.

"Ma?" roep die suster van die ander kant af.

Ils ont ensuite communiqué par l'intermédiaire de la chambre de Gregor.

Toe het hulle deur Gregor se kamer gekommunikeer.

« Gregor est très malade et il a besoin de médicaments. »

"Gregor is baie siek en hy het medisyne nodig."

«Vous devrez aller chez le médecin immédiatement.»

"Jy sal dadelik dokter toe moet gaan."

« Tu as entendu comment Gregor parlait tout à l'heure? »

"Het jy gehoor hoe Gregor nou net gepraat het?"

« C'était la voix d'un animal », a déclaré le gérant.

"Dit was die stem van 'n dier," het die bestuurder gesê.

Ses paroles étaient douces comparées aux cris de la mère.

Sy woorde was stil in vergelyking met die ma se gille.

« Anna ! Anna ! » appela le père depuis l'antichambre.

"Anna! Anna!" het die pa deur die voorkamer geroep.

Et il a claqué des mains pour attirer leur attention.

En hy het sy hande geklap om hulle aandag te trek.

« Appelez immédiatement un serrurier ! » ordonna-t-il à la bonne.

"Kry dadelik 'n slotmaker!" het hy die bediende beveel.

Les filles, en jupes, traversèrent l'antichambre en courant.

Die meisies, in hul rompe, het deur die voorkamer gehardloop.

Et leurs jupes bruissaient lorsqu'elles passèrent en courant devant sa chambre.

En hulle rompe het geritsel toe hulle verby sy kamer hardloop.

« Comment sa sœur a-t-elle fait pour s'habiller si vite? » se demanda-t-il.

"Hoe het die suster so vinnig aangetrek?" het hy gedink.

La porte a été arrachée, mais elle n'a pas été claquée.

Die deur was oopgeskeur, maar dit was nie toegeslaan nie.

C'est fréquent dans les maisons où survient un grand malheur.

Dit is algemeen in huise waar 'n groot ongeluk plaasvind.

Mais tout cela avait considérablement apaisé Gregor.

Maar dit alles het Gregor baie kalmer gemaak.

Quand il entendait ses propres paroles, elles lui paraissaient claires.

Toe hy sy eie woorde hoor, het hulle vir hom duidelik gelyk.

En fait, il estimait que ses paroles avaient été plus claires.

Trouens, hy het gevoel dat sy woorde eintlik duideliker was.

Mais les autres ne comprenaient plus ce qu'il disait.

Maar die ander het nie meer verstaan wat hy gesê het nie.

Peut-être s'était-il habitué à ses oreilles à ce moment-là.

Miskien het hy nou al gewoond geraak aan sy ore.

Mais au moins, ils comprenaient maintenant mieux sa situation.

Maar ten minste het hulle nou sy situasie beter verstaan.

Ils se sont rendu compte qu'il y avait vraiment quelque chose qui n'allait pas chez lui.

Hulle het besef daar was regtig iets fout met hom.

Et ils faisaient maintenant tout leur possible pour l'aider.

En hulle het nou alles in hul vermoë gedoen om hom te help.

Cela redonna à Gregor un sentiment de confiance qui lui manquait.

Dit het Gregor 'n gevoel van selfvertroue gegee wat hy kortgekom het.

Et il se sentait de nouveau beaucoup plus en sécurité au sein de sa famille.

En hy het weer baie veiliger in die familie gevoel.

Il avait le sentiment d'être à nouveau intégré au cercle humain.

Hy het gevoel dat hy weer in die menslike kring ingesluit was.

Il ne lui restait plus qu'à espérer que le serrurier puisse ouvrir la porte.

Nou moes hy hoop dat die slotmaker die deur kon oopmaak.

Et il espérait que le médecin serait capable d'accomplir de telles tâches.

En hy het gehoop dat die dokter sulke take kon verrig.

Il allait bientôt devoir reprendre la parole.

Hy sou binnekort weer meer moes praat.

Il allait falloir que sa voix soit aussi claire que possible.

Sy stem moes so duidelik as moontlik wees.

Pour se préparer à la réunion, il s'éclaircit la gorge.

Om voor te berei vir die vergadering het hy sy keel skoongemaak.

Il s'efforçait toutefois de tousser très discrètement.

Hy het egter sy bes gedoen om net baie stil te hoes.

Ce bruit pouvait être différent d'une toux humaine.

Die geraas het dalk anders geklink as 'n menslike hoes.

Il savait qu'il ne pouvait plus faire la différence entre de telles choses.

Hy het geweet hy kon sulke dinge nie meer onderskei nie.

Dans la pièce voisine, le silence était total.

In die volgende kamer het dit heeltemal stil geword.

Les parents étaient probablement assis à table.

Die ouers het waarskynlik aan tafel gesit.

Ils chuchotaient peut-être avec le gérant.

Hulle het dalk met die bestuurder gefluister.

Peut-être que tout le monde était appuyé contre la porte et écoutait.

Miskien het almal by die deur geleun en geluister.

Gregor poussa lentement la chaise vers la porte.
Gregor stoot die stoel stadig na die deur toe.
Il s'appuya contre la porte et se tint droit.
Hy het teen die deur gedruk en homself regop gehou.
Il a découvert que la plante de ses pieds était légèrement collée.
Hy het geleer dat die kussings van sy voete 'n bietjie gom gehad het.
Et il se reposa là un instant, épuisé.
En hy het daar vir 'n oomblik gerus van die inspanning.
Après s'être suffisamment reposé, il s'attela à la tâche suivante.
Nadat hy genoeg gerus het, het hy met die volgende taak begin.
Il commença à tourner la clé dans la serrure avec sa bouche.
Hy het die sleutel in die slot met sy mond begin draai.
Malheureusement, il semblait qu'il n'avait pas de dents.
Ongelukkig het dit gelyk of hy geen werklike tande gehad het nie.
Mais quel autre moyen avait-il pour s'emparer des clés?
Maar watter ander manier het hy gehad om die sleutels te gryp?
Heureusement pour lui, ses mâchoires étaient bien sûr très fortes.
Gelukkig vir hom was sy kake natuurlik baie sterk.
Grâce à la force de ses mâchoires, il a vraiment réussi à faire bouger la clé.
Met die hulp van sy kake het hy die sleutel regtig aan die beweeg gekry.
Il ne doutait pas qu'il se faisait du mal à lui-même également.
Hy het geen twyfel gehad dat hy homself ook skade berokken het nie.
Parce qu'un liquide brunâtre sortait de sa bouche.
Omdat 'n bruin vloeistof uit sy mond gekom het.
Le liquide brunâtre a coulé sur la clé et le long de la porte.

Die bruin vloeistof het oor die sleutel en teen die deur af gevloei.

Mais Gregor ne se souciait pas de se faire du mal.

Maar Gregor het nie omgegee dat hy homself seermaak nie.

« Vous entendez ça? » demanda le gérant dans la pièce voisine.

"Kan jy dit hoor?" het die bestuurder in die kamer langsaan gesê.

« Il tourne la clé », avait remarqué le gérant.

"Hy draai die sleutel," het die bestuurder opgemerk.

Ces paroles furent un grand encouragement pour Gregor.

Hierdie woorde was 'n groot aanmoediging vir Gregor.

Mais le père et la mère auraient également dû crier :

Maar die pa en ma moes ook uitgeroep het:

« Bien joué, Gregor ! » auraient-ils dû lui crier.

"Goed, Gregor," moes hulle vir hom geskree het.

«Continue, continue de tourner la clé, tu peux le faire.»

"Hou aan, hou aan om daardie sleutel te draai, jy kan dit doen."

Mais Gregor dut plutôt imaginer leur enthousiasme.

Maar in plaas daarvan moes Gregor hul opgewondenheid verbeel.

Il serra les mâchoires de toutes ses forces.

Hy het sy kakebeen met al die krag wat hy gehad het, geklem.

Et il continua à tourner la clé dans la serrure.

En hy het aangehou om die sleutel in die slot om te draai.

Son corps se tordit douloureusement en un cercle.

Pynlik het sy liggaam in 'n sirkel om die lyf gedraai.

Il ne tenait plus debout qu'avec sa bouche.

Hy het homself nou net met sy mond regop gehou.

Pour continuer à tourner la clé, il appuya contre la porte.

Om die sleutel aan te hou draai, het hy teen die deur gedruk.

Finalement, le claquement de la serrure réveilla de nouveau Gregor.

Uiteindelik het die klap van die slot Gregor weer wakker gemaak.

« Je n'avais donc pas besoin du serrurier », soupira-t-il de soulagement.

"So ek het nie die slotmaker nodig gehad nie," sug hy met verligting.

Il ne lui restait plus qu'à ouvrir la porte qu'il avait déverrouillée.

Nou moes hy net die deur oopmaak wat hy oopgesluit het.

Et, la tête sur la poignée, il ouvrit la porte.

En met sy kop op die handvatsel het hy die deur oopgemaak.

Il se trouvait derrière la porte qui donnait sur sa chambre.

Hy was agter die deur, wat na sy kamer oopgemaak het.

La porte était donc déjà ouverte avant même qu'on puisse le voir.

So was die deur reeds oop voordat hy gesien kon word.

Il lui fallait ensuite se faufiler autour de la porte elle-même.

Volgende moes hy homself om die deur self maneuvreer.

Ce mouvement difficile a également nécessité beaucoup d'efforts.

Hierdie moeilike beweging het ook baie moeite geverg.

Il ne voulait pas tomber maladroitement dans la pièce voisine.

Hy wou nie lomp in die volgende kamer val nie.

Il n'avait donc pas le temps de prêter attention à quoi que ce soit d'autre.

Hy het dus geen tyd gehad om aan enigiets anders aandag te skenk nie.

Mais il entendit alors le chef de bureau s'exclamer bruyamment : « Oh ! »

Maar toe hoor hy die hoofklerk 'n harde "O!" sê.

On aurait dit que le vent soufflait en rafales dans la maison.

Dit het geklink asof die wind deur die huis waai.

Il se trouvait être celui qui était le plus proche de la porte.

Hy was toevallig die een naaste aan die deur.

Et maintenant, en le voyant, il porta sa main à sa bouche.

En nou, toe hy hom sien, het hy sy hand voor sy mond gedruk.

Il recula lentement, s'éloignant de Gregor.

Hy het homself stadig agteruit beweeg, weg van Gregor.

Mais c'était comme si une force invisible agissait sur lui.

Maar dit was asof 'n onsigbare krag op hom inwerk.

La première chose que fit la mère fut de regarder le père.

Die eerste ding wat die ma gedoen het, was om na die pa te kyk.

Malgré la présence du gérant, ses cheveux étaient en désordre.

Ten spyte van die bestuurder se teenwoordigheid, was haar hare deurmekaar.

Elle déplia les bras et fit deux pas en avant.

Sy het haar arms oopgevou en twee treë vorentoe gegee.

Mais elle s'est effondrée au milieu de sa jupe.

Maar toe het sy in die middel van haar romp ineengestort.

Sa robe s'est étalée tout autour d'elle sur le sol.

Haar rok het oral om haar op die vloer versprei.

Et sa tête disparut sur sa poitrine.

En haar kop het op haar eie borste verdwyn.

Le père serra le poing avec une expression hostile.

Die pa het sy vuis met 'n vyandige uitdrukking geklem.

Il semblait vouloir que Gregor soit renvoyé dans sa chambre.

Hy wou blykbaar hê Gregor moes terug in sy kamer gestoot word.

Il jeta ensuite un regard incertain autour du salon.

Toe kyk hy onseker rond in die sitkamer.

Et finalement, il se couvrit les yeux entre ses mains.

En uiteindelik het hy sy oë tussen sy hande toegemaak.

Et il pleura amèrement jusqu'à ce que sa poitrine puissante tremble.

En hy het bitterlik geween totdat sy magtige bors gebewe het.

Gregor n'est en réalité pas entré dans leur chambre.

Gregor het glad nie eintlik in hul kamer ingegaan nie.

Au lieu de cela, il s'appuya contre le cadre de la porte.

In plaas daarvan het hy teen die deurkosyn geleun.

Seule la moitié de son corps était visible de l'extérieur.

Slegs die helfte van sy liggaam was sigbaar vir diegene buite.

Et sur son corps reposait sa tête, inclinée sur le côté.

En bo-op sy lyf was sy kop, sywaarts gekantel.

La lumière était désormais devenue beaucoup plus vive qu'auparavant.

Teen hierdie tyd het die lig baie helderder geword as voorheen.

On pouvait désormais voir clairement l'autre côté de la rue.

'n Mens kon nou duidelik die ander kant van die straat sien.

Une partie de l'hôpital gris et interminable se dévoila.

'n Gedeelte van die eindelose, grys hospitaal het homself onthul.

La pluie matinale n'avait pas encore complètement cessé de tomber.

Die oggendreën het nog nie heeltemal opgehou val nie.

Mais maintenant, les gouttes de pluie étaient plus grosses et plus espacées.

Maar nou was die reëndruppels groter, en verder uitmekaar.

Les plats du petit-déjeuner étaient disposés en abondance sur la table.

Die ontbytgeregte was in oorvloed op die tafel.

Le père considérait le petit-déjeuner comme le repas le plus important.

Die pa het ontbyt as die belangrikste maaltyd beskou.

Le petit-déjeuner était un repas qu'il s'éternisait pendant des heures.

Ontbyt was 'n maaltyd wat hy ure lank uitgesleep het.

Et pendant ces heures, il lisait les différents journaux.

En in hierdie ure het hy die verskillende koerante gelees.

Juste en face, sur le mur, était accrochée une photo de Gregor.

Net aan die oorkantste muur het 'n foto van Gregor gehang.

La photographie accrochée au mur le montrait en lieutenant.

Die foto teen die muur het hom as 'n luitenant uitgebeeld.

C'était une photo de l'époque où il était dans l'armée.

Dit was 'n foto uit die tyd wat hy in die weermag deurgebring het.

Sa main était posée sur son épée, et il arborait un sourire insouciant.

Sy hand was op sy swaard, en hy het 'n sorgvrye glimlag gehad.

Sa posture et son uniforme imposaient un certain respect.

Sy postuur en sy uniform het 'n sekere respek afgedwing.

L'autre porte qui menait à l'antichambre était également ouverte.

Die ander deur wat na die voorkamer gelei het, was ook oop.

Et la porte de l'appartement était encore ouverte elle aussi.

En die deur na die woonstel was ook nog oop.

On pouvait voir jusqu'à la cour de l'immeuble.

'n Mens kon tot by die woonstel se voorhof sien.

Puis les escaliers descendaient sur la rue en contrebas.

En toe het die trappe af gelei na die straat onder.

Gregor était le seul à avoir gardé son sang-froid.

Gregor was die enigste een wat sy kalmte behou het.

Il a constaté cela, la conversation était donc de sa responsabilité.

Hy het dit gesien, so die gesprek was sy verantwoordelikheid.

« Bon, je vais m'habiller pour le travail maintenant », dit-il.

"Wel, ek gaan nou aantrek vir werk," het hy gesê.

« Une fois que j'aurai emballé les échantillons de tissu, je partirai. »

"Nadat ek die tekstielmonsters gepak het, sal ek vertrek."

«Vous comptez toujours me tirer dessus, Monsieur Prokurist?»

"Is u steeds van plan om my af te dank, mnr. Prokurist?"

« Comme vous pouvez le constater, je ne suis pas aussi têtue que vous le pensiez. »

"Soos jy kan sien, is ek nie so koppig soos jy gedink het nie."

« Et vous pouvez constater que j'aime bien travailler, après tout. »

"En jy kan sien dat ek tog daarvan hou om te werk."

« Je peux admettre que voyager pour le travail n'est pas facile. »

"Ek kan erken dat dit nie maklik is om vir werk te reis nie."

« Mais je peux aussi accepter que cela fasse partie de mon travail. »

"Maar ek kan ook aanvaar dat dit deel van my werk is."

« Chef de projet, où allez-vous? Retournez-vous au bureau? »

"Bestuurder, waarheen gaan jy? Terug kantoor toe?"

« Allez-vous rapporter fidèlement tout ce que vous avez vu? »

"Sal jy eerlikwaar alles rapporteer wat jy gesien het?"

«Il arrive parfois qu'on soit dans l'incapacité d'aller travailler.»

"Soms gebeur dit dat 'n mens nie werk toe kan gaan nie."

« C'est le moment idéal pour se souvenir des succès passés. »

"Dit is die regte tyd om vorige prestasies te onthou."

« Une fois la difficulté surmontée, on travaille encore mieux. »

"Nadat die moeilikheid verwyder is, werk mens selfs beter."

« Ma diligence et ma concentration vont augmenter. »

"My ywer en konsentrasie gaan toeneem."

«Vous savez très bien que je suis redevable envers le patron.»

"Jy weet baie goed dat ek die baas in die skuld is."

« Mais je suis aussi inquiète pour mes parents et ma sœur. »

"Maar ek is ook bekommerd oor my ouers en my suster."

« Je suis dans une situation délicate, mais je vais m'en sortir. »

"Ek is in 'n moeilike posisie, maar ek sal my pad daaruit werk."

« Ne compliquez pas davantage les choses. »

"Moenie dit moeiliker maak as wat dit reeds is nie."

« En tant que collègues, nous devons aussi nous entraider. »

"As kollegas moet ons mekaar ook help."

« Je sais que les employés de bureau n'aiment pas les voyageurs. »

"Ek weet die kantoorwerkers hou nie van die reisigers nie."

«Vous croyez qu'on gagne des fortunes et qu'on mène une vie confortable.»

"Jy dink ons verdien 'n fortuin en lei goeie lewens."

« Ils n'ont aucune raison valable de tenir compte de leurs préjugés. »

"Hulle het geen werklike rede om hul vooroordeel te oorweeg nie."

« Mais vous, agent habilité, votre rôle est différent. »

"Maar u, gemagtigde beampte, het 'n ander rol."

«Vous avez une meilleure vue d'ensemble que les autres membres du personnel.»

"Jy het 'n beter oorsig as die ander personeel."

« En fait, je pense que vous avez peut-être la meilleure vue d'ensemble. »

"Trouens, ek dink jy het dalk die beste oorsig."

«Vous avez une meilleure vision d'ensemble que le patron lui-même.»

"Jy het 'n beter oorsig as die baas self."

« J'admets que c'est le patron qui fait le travail d'entrepreneur. »

"Ek erken dat die baas wel die entrepreneuriese werk doen."

« Mais il est facile de se tromper dans ses jugements. »

"Maar dit is maklik vir sy oordele om mislei te word."

« Et ces petites erreurs de jugement peuvent nous être préjudiciables. »

"En hierdie klein wanopvattings kan tot ons nadeel wees."

«Vous savez combien il est facile de parler du voyageur.»

"Jy weet hoe maklik dit is om oor die reisiger te praat."

« Il n'est pas là pour défendre sa réputation contre les rumeurs. »

"Hy is nie daar om sy reputasie teen skinderstories te verdedig nie."

« Ces accusations peuvent très bien n'être que des coïncidences. »

"Hierdie beskuldigings kan maklik net toevallighede wees."

« Nombre de ces plaintes ne reposent même sur aucune vérité. »

"Baie klagtes is nie eens in enige waarhede gewortel nie."

«Il est absent du bureau pendant presque toute l'année.»

"Hy is amper die hele jaar uit die kantoor."
«Quelles chances a-t-il de défendre sa propre réputation?»
"Watter kans het hy om sy eie reputasie te verdedig?"
«Il n'a même pas connaissance des accusations.»
"Hy kry nie eens te hore van die beskuldigings nie."
«Il découvre ce qui a été dit lorsqu'il est trop tard.»
"Hy vind uit wat gesê is wanneer dit te laat is."
« À ce stade, il est épuisé par le voyage de la journée. »
"Teen daardie stadium is hy uitgeput van die dag se reis."
« Il devra de toute façon en subir les terribles conséquences. »
"Hy moet in elk geval die verskriklike gevolge ervaar."
« Même s'il n'a aucun moyen de comprendre le problème. »
"Al het hy geen manier om die probleem te verstaan nie."
« Oh, manager, ne partez pas sans me dire un mot. »
"Ag bestuurder, moenie weggaan sonder om 'n woord met my te sê nie."
«Dites-moi au moins que vous êtes d'accord avec moi en partie.»
"Sê ten minste vir my dat jy gedeeltelik met my saamstem."
Mais le directeur s'était détourné de Gregor bien plus tôt.
Maar die bestuurder het Gregor baie vroeër verlaat.
Son épaule tressaillit lorsqu'il se retourna vers Gregor.
Sy skouer het gebewe toe hy terug na Gregor kyk.
Et il n'est pas resté immobile une seule fois pendant tout son discours.
En hy het nie een keer stilgestaan tydens die toespraak nie.
Il se retournait vers Gregor, les lèvres pincées.
Hy het met getuite lippe terug na Gregor gekyk.
Il reculait progressivement vers la porte.
Hy het geleidelik na die deur teruggetrek.
Mais il ne pouvait pas non plus détacher son regard de Gregor.
Maar hy kon ook nie sy oë van Gregor afhaal nie.
Il avait l'impression qu'il lui était secrètement interdit de quitter la pièce.

Hy het gevoel asof daar 'n geheime verbod was om die kamer te verlaat.

Mais à ce stade, il se trouvait déjà dans le hall d'entrée.

Maar teen hierdie stadium was hy reeds in die voorportaal.

Et soudain, il fit un mouvement vers la sortie.

En nou het hy skielik na die uitgang gebeweging.

Il tendit la main droite vers les escaliers.

Hy het sy regterhand na die trappe uitgesteek.

Peut-être qu'une force surnaturelle attendait pour le sauver.

Miskien het 'n bonatuurlike krag gewag om hom te red.

Gregor savait qu'il ne pouvait pas le laisser partir comme ça.

Gregor het geweet hy kon hom nie toelaat om so te vertrek nie.

Le manager ne doit pas revenir dans le même état d'esprit qu'avant.

Die bestuurder moenie terugkeer in die bui waarin hy was nie.

La sécurité de l'emploi de Gregor était fortement menacée.

Die sekuriteit van Gregor se werk was baie in gevaar.

Les parents ne comprenaient pas tout cela.

Die ouers kon dit alles nie ten volle verstaan nie.

Au fil des ans, ils s'étaient habitués à sa sécurité d'emploi.

Oor die jare het hulle gewoond geraak aan sy werksekerheid.

Et ils étaient convaincus qu'il avait ce poste à vie.

En hulle was oortuig dat hy die werk vir die lewe gehad het.

Au lieu de cela, ils s'étaient préoccupés d'autres soucis.

In plaas daarvan het hulle besig geraak met meer ander bekommernisse.

Mais ces préoccupations leur ont fait perdre toute prévoyance.

Maar hierdie bekommernisse het daartoe gelei dat hulle alle vooruitsig verloor het.

Gregor, cependant, n'avait pas perdu la clairvoyance de ses parents.

Gregor het egter nie die ouer se versiendheid verloor nie.

Il a fallu que quelqu'un arrête le représentant autorisé.

Iemand moes die gemagtigde verteenwoordiger stop.

Il allait devoir le calmer et le convaincre.

Hy sou hom moes kalmeer en hom oortuig.
L'avenir de Gregor et de sa famille en dépendait !
Die toekoms van Gregor en sy gesin het daarvan afgehang!
Si seulement sa sœur intelligente avait été là pour l'aider.
As die intelligente suster maar net hier was om te help.
Elle avait déjà pleuré alors que Gregor était encore dans sa chambre.
Sy het reeds gehuil toe Gregor nog in sy kamer was.
À ce moment-là, il était simplement allongé tranquillement sur le dos.
Op daardie stadium het hy net stil op sy rug gelê.
Elle connaissait déjà l'importance de la situation à ce moment-là.
Sy het toe reeds die belangrikheid van die situasie geweet.
Le directeur était connu pour avoir un faible pour les femmes.
Die bestuurder het 'n bekende sagte plekkie vir vroue gehad.
Elle aurait facilement pu le persuader de rester plus longtemps.
Sy kon hom maklik oorreed het om langer te bly.
Elle aurait fermé la porte et l'aurait fait rentrer.
Sy sou die deur toegemaak het en hom terug binnetoe gelei het.
Mais malheureusement, sa sœur était partie chercher un médecin.
Maar ongelukkig het die suster gegaan om 'n dokter te kry.
Gregor n'avait donc pas d'autre choix que de le faire lui-même.
Daarom het Gregor geen ander keuse gehad as om dit self te doen nie.
Il n'avait pas réfléchi à quelles étaient réellement ses capacités.
Hy het nie oorweeg wat sy werklike vermoëns was nie.
Et il avait oublié de se méfier de sa capacité à parler.
En hy het vergeet om sy vermoë om te praat te wantrou.
Mais il a néanmoins quitté la sécurité de sa chambre.
Maar nietemin het hy die veiligheid van sy kamer verlaat.

Et il se faufila par l'ouverture de la pièce.
En hy het homself deur die opening van die kamer gestoot.
Le directeur était déjà en train de descendre les escaliers.
Die bestuurder was reeds op pad af met die trappe af.
Mais il s'accrochait à la rambarde à deux mains.
Maar hy het met albei hande aan die relings vasgehou.
Gregor tomba en se poussant à travers la porte.
Gregor het geval toe hy homself deur die deur stoot.
Il laissa échapper un petit cri en cherchant un appui.
Hy het 'n sagte gil uitgestoot terwyl hy na ondersteuning
gegryp het.
Mais au lieu de paniquer, il a ressenti un bien-être physique.
Maar eerder as paniek, het hy 'n fisiese welstand gevoel.
**Pour la première fois ce matin-là, quelque chose semblait
juste.**
Vir die eerste keer daardie oggend het iets reg gevoel.
Il avait désormais toutes les jambes bien ancrées au sol.
Al sy bene het nou vaste grond onder hulle gehad.
**Il était surpris de constater à quel point il contrôlait bien ses
jambes.**
Hy was verbaas oor hoe goed hy sy bene kon beheer.
**Il était heureux de constater que ses jambes lui obéissaient
parfaitement.**
Hy was bly om te sien dat sy bene hom volkome gehoorsaam
het.
En réalité, ses jambes le portaient partout où il le voulait.
Trouens, sy bene het hom gedra waar hy wou.
Bientôt, tous ses chagrins allaient prendre fin.
Gou sou al sy smarte tot 'n einde kom.
Mais au même moment, sa propre mère se leva d'un bond.
Maar op dieselfde oomblik het sy eie ma opgespring.
Ses bras étaient tendus et ses doigts écartés.
Haar arms was uitgestrek, en haar vingers was versprei.
**Et elle s'est écriée : « Au secours ! Au nom de Dieu, que
quelqu'un m'aide ! »**
En sy het uitgeroep: "Help, ter wille van God, iemand help!"
Elle inclina la tête ; elle voulait mieux voir Gregor.

Sy het haar kop gekantel; sy wou Gregor beter sien.

Mais contrairement à sa première action, elle est revenue en courant.

Maar in sametrekking tot die eerste aksie, het sy teruggehardloop.

Elle avait oublié que la table était mise derrière elle.

Sy het vergeet dat die tafel agter haar gedek was.

Tout ce qui était prévu pour le petit-déjeuner était encore sur la table.

Al die goedjies vir ontbyt was nog op die tafel.

Elle s'assit précipitamment sur la table, comme distraite.

Sy het haastig op die tafel gaan sit, asof afgelei.

Et elle n'a pas semblé remarquer le café renversé.

En dit lyk nie of sy die gemorste koffie opgemerk het nie.

Le café était maintenant en train d'imbiber la moquette.

Die koffie wat nou in die mat ingetrek het.

« Maman, maman », dit doucement Gregor en levant les yeux vers elle.

"Moeder, moeder," het Gregor saggies gesê en na haar opgekyk.

Pour le moment, le manager ne lui importait pas.

Vir die oomblik was die bestuurder nie vir hom belangrik nie.

Mais il y avait aussi le café qui coulait sur la moquette.

Maar daar was ook die koffie wat op die mat gedrup het.

Gregor n'a pas pu s'empêcher de claquer des dents devant le café.

Gregor kon nie weerstaan om sy kakebeen oor die koffie te klap nie.

La mère se remit à pleurer à cause de son comportement.

Die ma het weer begin huil as gevolg van sy gedrag.

Elle a sauté de la table pour prendre ses distances avec lui.

Sy het van die tafel afgespring om haarself van hom te distansieer.

Et elle s'est réfugiée dans les bras de son père.

En sy het in die arms van die vader gehardloop, vir veiligheid.

Mais Gregor n'avait plus de temps à consacrer à ses parents.

Maar Gregor het nou geen tyd vir sy ouers gehad nie.

L'agent habilité se trouvait déjà dans l'escalier.
Die gemagtigde beampte was reeds op die trappe.
Il avait le menton appuyé sur la rambarde, pour regarder à l'intérieur de la maison.
Hy het sy ken op die reling gehad om in die huis in te kyk.
Apparemment, il voulait jeter un dernier coup d'œil au spectacle.
Blykbaar wou hy nog een laaste kykie na die skouspel hê.
Et Gregor fit un dernier effort pour joindre le directeur.
En Gregor het 'n laaste poging aangewend om die bestuurder te bereik.
Il courut vers la porte aussi prudemment qu'il le put.
Hy het so veilig as wat hy kon na die deur gehardloop.
Mais le chef de bureau devait se douter de quelque chose.
Maar die hoofklerk moes iets vermoed het.
Parce qu'il a descendu quelques marches et a disparu.
Omdat hy 'n paar trappies afgespring en verdwyn het.
« Hein ! » s'écria Gregor, sa voix résonnant dans la cage d'escalier.
"Huh!" het Gregor geskree, en deur die trappe weergalm.
La fuite du manager sembla également déconcerter son père.
Die bestuurder se ontsnapping het ook sy pa verwar.
Jusque-là, il était parvenu à garder son calme.
Hy het tot op daardie stadium daarin geslaag om redelik kalm te bly.
Mais malheureusement, lui aussi a perdu le sang-froid qu'il avait eu.
Maar ongelukkig het hy ook die kalmte verloor wat hy gehad het.
Il aurait dû aider Gregor dans sa quête.
Wat hy moes gedoen het, is om Gregor in sy strewe te help.
Mais, d'une main, il saisit la canne du directeur.
Maar hy het die bestuurder se kierie in een hand gegryp.
Et dans l'autre main, il tenait maintenant un journal.
En in die ander hand het hy nou 'n koerant vasgehou.
Et il entravait désormais directement Gregor dans sa poursuite.

En hy het Gregor nou direk in sy agtervolging belemmer.

Il s'était placé entre Gregor et la rue.

Hy het homself tussen Gregor en die straat geplaas.

Il tapa du pied et agita le bâton et le journal.

Hy het met sy voete gestamp en die stok en koerantpapier geswaai.

Et il forçait activement Gregor à retourner dans sa chambre.

En hy het Gregor aktief terug in sy kamer gedwing.

Aucune des demandes formulées par Gregor n'a été utile.

Nie een van die versoeke wat Gregor probeer maak het, het gehelp nie.

Parce qu'aucune de ses demandes n'a été comprise.

Omdat geeneen van die versoeke wat hy gerig het, verstaan is nie.

Il tourna la tête vers un angle plus profond et plus humble.

Hy het sy kop na 'n dieper, meer nederige hoek gedraai.

Mais son père répondit en tapant du pied encore plus fort.

Maar sy pa het geantwoord deur nog harder met sy voete te stamp.

La mère ouvrit une fenêtre, malgré la fraîcheur ambiante.

Die ma het 'n venster oopgemaak, ten spyte van die koel weer.

Et elle enfouit son visage dans ses mains froides.

En sy het haar gesig in haar hande in die koue gedruk.

Le vent pouvait désormais traverser tout l'appartement.

Die wind kon nou deur die hele woonstel waai.

Un fort courant d'air soufflait de l'escalier vers la ruelle.

'n Sterk trek het van die trap na die stegie gewaai.

Les rideaux claquaient sous l'effet du vent violent.

Die gordyne het deur die sterk wind rondgefladder.

Et le journal posé sur la table bruissait dans le vent.

En die koerant op die tafel het in die wind geritsel.

Même des feuilles ont été soufflées à l'intérieur de la maison depuis l'extérieur.

Selfs sommige blare is van buite af in die huis ingewaai.

Le père tapa du pied et poussa sans relâche.

Die pa het met sy voete gestamp en meedoënloos gedruk.

Et il sifflait et émettait des bruits comme un homme sauvage.

En hy het gesis en geluide gemaak soos 'n wilde man sou.

Mais Gregor ne s'était pas encore entraîné à marcher à reculons.

Maar Gregor het nog nie geoefen om agteruit te loop nie.

Même Gregor admettrait que ce mouvement était beaucoup plus lent.

Selfs Gregor sou erken dat hierdie beweging baie stadiger was.

Tout ce qu'il souhaitait, c'était avoir la possibilité de faire demi-tour.

Al wat hy egter wou hê, was die geleentheid om om te draai.

Il serait alors allé directement dans sa chambre.

Dan sou hy dadelik na sy kamer gegaan het.

Mais il avait trop peur d'impatienter son père.

Maar hy was te bang om sy pa ongeduldig te maak.

Et il y avait la menace d'un coup de bâton.

En daar was die dreigement van 'n hou met die stok.

Un tel coup à l'arrière de la tête pourrait être fatal.

So 'n hou teen die agterkop kan noodlottig wees.

Mais finalement, Gregor n'avait pas d'autre choix.

Maar uiteindelik het Gregor geen ander keuse gehad nie.

Il s'est rendu compte qu'il ne pouvait même plus marcher droit à reculons.

Hy het besef dat hy nie eers reguit agteruit kon loop nie.

Il commença à se retourner aussi vite qu'il le put.

Hy het so vinnig as wat hy kon begin omdraai.

Mais en réalité, ce mouvement de rotation était tout aussi lent.

Maar in werklikheid was hierdie draaibeweging net so stadig.

Et il fut suivi des regards anxieux du père.

En hy is gevolg deur die vader se angstige blikke.

Peut-être le père avait-il remarqué les bonnes intentions de Gregor.

Miskien het die vader Gregor se goeie bedoelings opgemerk.

Parce qu'il ne l'a pas empêché de se retourner.

Omdat hy hom nie gesteur het om om te draai nie.
Il a même utilisé le bout de son bâton pour guider la rotation.
Hy het selfs die punt van sy stok gebruik om die rotasie te lei.
Mais Gregor aurait préféré que son père ne lui ait pas sifflé dessus !
Maar Gregor het steeds gewens die pa het nie vir hom gesis nie!
Le sifflement ne fit qu'ajouter à la confusion du moment.
Die gesis het net bygedra tot die verwarring van die oomblik.
Puis il a commis une erreur et a tourné dans la mauvaise direction.
En toe maak hy 'n fout en draai in die verkeerde rigting.
Finalement, il a réussi à se tourner dans la bonne direction.
Uiteindelik het hy dit uiteindelik reggekry om die regte pad te vind.
Et il était satisfait des progrès qu'il avait accomplis.
En hy was tevrede met die vordering wat hy gemaak het.
Mais un autre problème est alors devenu encore plus évident.
Maar toe het die volgende probleem selfs meer duidelik geword.
Son corps était trop large pour passer facilement la porte.
Sy lyf was te wyd om maklik deur die deur te pas.
Dans son état actuel, le père ne s'en est pas aperçu.
In sy huidige toestand het die pa dit nie opgemerk nie.
Il ne lui vint donc pas à l'esprit d'ouvrir davantage la porte.
Dit het dus nie by hom opgekom om die deur verder oop te maak nie.
Il y aurait alors eu suffisamment de place pour Gregor.
Dan sou daar genoeg plek vir Gregor gewees het.
Sa seule priorité était de faire entrer Gregor dans sa chambre.
Sy enigste prioriteit was om Gregor in sy kamer te kry.
Il aurait dû se lever pour passer la porte.
Hy sou moes opstaan om deur die deur te pas.
Mais le père n'aurait pas permis une telle manœuvre.

Maar die pa sou nie so 'n maneuver toegelaat het nie.
En fait, il le sifflait encore plus sauvagement qu'avant.
Trouens, hy het selfs wilder as voorheen na hom gesis.
On aurait dit qu'il y avait plus d'un homme qui lui sifflait dessus.
Dit het geklink soos meer as net een man wat na hom sis.
Ses revendications semblaient revêtir une nouvelle urgence.
Sy eise het blykbaar 'n nuwe dringendheid agter hulle gehad.
Il n'y avait vraiment plus de temps à perdre.
Daar was nou regtig nie meer tyd vir rondmors nie.
Quoi qu'il arrive, Gregor devait franchir la porte.
Wat ook al gebeur het, Gregor moes deur die deur kom.
Il s'est imposé sans aucun égard pour lui-même.
Hy het homself deurgedruk sonder enige selfagting.
Un côté de son corps fut projeté vers le haut par le mouvement.
Een kant van sy liggaam is deur die beweging opwaarts gedwing.
Et il était allongé de travers, maladroitement, dans l'embrasure de la porte.
En hy het ongemaklik en skeef tussen die deuropening gelê.
Un de ses flancs était à vif à cause du frottement contre le bois.
Een van sy flanke was rou teen die hout gevryf.
Et il avait laissé des taches disgracieuses sur la porte peinte en blanc.
En hy het lelike vlekke op die witgeverfde deur gelaat.
Les jambes d'un de ses côtés pendaient en tremblant dans le vide.
Die bene aan een van sy sye het bewerig in die lug gehang.
Ses autres jambes étaient douloureusement enfoncées dans le sol.
Sy ander bene was pynlik in die vloer gedruk.
Bientôt, il allait se retrouver complètement coincé entre la porte et le mur.
Binnekort sou hy heeltemal tussen die deur vasgevang wees.
Et alors, il n'aurait plus pu bouger du tout.

En dan sou hy glad nie kon beweeg nie.
Mais le père lui a donné une forte impulsion véritablement libératrice.
Maar die pa het hom 'n werklik bevrydende sterk stoot gegee.
Et il tomba, ensanglanté, loin dans sa chambre.
En hy het, hewig bloeiend, diep in sy kamer geval.
Le père claqua la porte derrière lui avec sa canne.
Die pa het die deur agter hom met sy stok toegeslaan.
Et puis, enfin, le calme et la tranquillité revinrent.
En toe was daar uiteindelik weer 'n bietjie rus en vrede.

Deuxième partie
Deel Twee

Gregor ne s'est réveillé que bien plus tard dans la journée.

Gregor het eers baie later in die dag wakker geword.

Le crépuscule était tombé ; il avait dormi profondément, inconsciemment.

Die skemer het geval; hy het swaar en bewusteloos geslaap.

Il se serait réveillé même sans avoir été dérangé.

Hy sou wakker geword het selfs sonder om gesteur te word.

Parce qu'il se sentait suffisamment reposé et avait bien dormi.

Omdat hy wel voldoende uitgerus en goed geslaap gevoel het.

Mais il crut entendre quelques pas furtifs à l'extérieur.

Maar hy het gedink hy hoor 'n paar vlietende treë buite.

Et quelqu'un aurait pu refermer soigneusement la porte d'entrée.

En iemand het dalk die voordeur versigtig toegemaak.

La lumière du tramway électrique se projetait faiblement au plafond.

Die lig van die elektriese trem het vaal op die plafon gelê.

Le dessus du meuble a également reçu un peu de lumière.

Die bokant van die meubels het ook 'n bietjie lig gekry.

Mais en bas, au niveau de Gregor, il faisait sombre.

Maar onder op die grond, op Gregor se vlak, was dit donker.

Ses jambes le poussèrent lentement de nouveau vers la porte.

Sy bene het hom stadig weer na die deur toe gestoot.

Il était très curieux de voir ce qui s'était passé là-bas.

Hy was baie nuuskierig om te sien wat daar gebeur het.

Mais le contrôle de ses antennes n'était pas encore développé.

Maar sy beheer oor sy voelers was nog nie ontwikkel nie.

Bien qu'il ait commencé à apprécier ces nouveaux capteurs.

Alhoewel hy hierdie nuwe sensors begin waardeer het.

Une longue et disgracieuse cicatrice semblait lui barrer le flanc gauche.

'n Lang onaangename litteken het gelyk of dit langs sy linkerkant afloop.

La cicatrice lui donnait l'impression de contracter ce côté de son corps.

Die litteken het gevoel asof dit aan daardie kant van sy lyf stywer trek.

Il devait donc littéralement boiter en s'appuyant sur ses deux rangées de pattes.

En so moes hy letterlik op sy twee rye bene mank loop.

L'une de ses jambes avait été grièvement blessée ce matin-là.

Een van sy bene was daardie oggend ernstig beseer.

C'était vraiment un miracle qu'il ne se soit pas cassé plus de jambes.

Dit was regtig 'n wonderwerk dat hy nie meer bene gebreek het nie.

Et il traîna donc sa jambe blessée, inerte, derrière lui.

En so het hy sy beseerde been leweloos agter hom gesleep.

Lorsqu'il atteignit la porte, il réalisa quelque chose de profond.

Toe hy by die deur kom, het hy iets diepgaandes besef.

C'était l'odeur de quelque chose qui l'avait attiré là.

Dit was die reuk van iets wat hom daarheen gelok het.

Quelque chose de comestible avait été laissé pour Gregor dans sa chambre.

Iets eetbaars is vir Gregor in sy kamer gelaat.

Des morceaux de pain blanc flottant dans un bol de lait sucré.

Stukkies witbrood dryf in 'n bak soet melk.

Il pouvait à peine contenir la joie qui l'habitait.

Hy kon skaars die vreugde wat binne hom was, bedwing.

Il avait encore plus faim maintenant que le matin.

Hy was nou selfs hongerder as in die oggend.

Il plongea aussitôt la tête dans le bol de lait.

Hy het dadelik sy kop in die bak melk gesteek.

Le lait lui recouvrait presque toute la tête, jusqu'aux yeux.

Die melk het amper deur sy hele kop uitgekom, tot by sy oë.

Mais il a rapidement retiré sa tête, amèrement déçu.

Maar hy het gou sy kop agteroor getrek, bitter teleurgesteld.
L'alimentation était difficile en raison de la fragilité de son côté gauche.
Eet was moeilik as gevolg van sy delikate linkerkant.
Et il ne pouvait manger qu'en haletant de tout son corps.
En hy kon net eet deur met sy hele liggaam te hyg.
Mais ce n'était pas la véritable raison de sa déception.
Maar dit was nie die ware rede vir sy teleurstelling nie.
Le lait avait toujours été l'un de ses plats préférés.
Melk was nog altyd een van sy gunstelinggeregte.
Il ne doutait pas que sa sœur s'en souvenait.
Hy het geen twyfel gehad dat sy suster dit onthou het nie.
Et c'est pour cela qu'elle lui avait donné du lait.
En dit was die rede waarom sy hom melk gegee het.
Il n'a pas su expliquer pourquoi il n'aimait plus le lait.
Hy kon nie verduidelik hoekom hy nou nie van melk hou nie.
Et il se détourna du bol presque à contrecœur.
En hy het amper met teësinnigheid van die bak af weggedraai.
Déçu, il retourna en rampant au milieu de la pièce.
Teleurgesteld kruip hy terug na die middel van die kamer.
De là, il pouvait voir à travers la fente de la porte.
Hier kon hy deur die kraak in die deur sien.
Il pouvait voir que le feu était allumé dans le salon.
Hy kon sien dat die vuur in die sitkamer aangesteek was.
Habituellement, à cette heure-ci, le père lisait le journal.
Gewoonlik lees die pa in hierdie tyd die koerant.
Il avait toujours l'habitude de lire à sa mère à voix haute.
Hy het altyd met verhewe stem vir die ma voorgelees.
Parfois, la sœur écoutait aussi les conversations du père.
Soms het die suster ook na die pa geluister.
Elle avait toujours parlé à Gregor de ces lectures à voix haute.
Sy het Gregor altyd van hierdie voorlesing vertel.
Mais aujourd'hui, aucun son ne provenait de la pièce.
Maar vandag was daar geen geluid uit die kamer nie.
Peut-être cette habitude s'était-elle déjà perdue.
Miskien het hierdie gewoonte reeds uit die praktyk gegaan.

Un silence profond s'était installé dans tout l'appartement.

'n Diep stilte het oor die hele woonstel neergesak.

Bien qu'il sût que l'appartement n'était certainement pas vide.

Alhoewel hy geweet het die woonstel was beslis nie leeg nie.

« Quelle vie tranquille mène cette famille », pensa Gregor.

"Wat 'n stil lewe lei die gesin tog," het Gregor gedink.

Et il fixa l'obscurité avec une grande fierté.

En hy het met groot trots in die donkerte gestaar.

Il était fier de la vie qu'il avait pu leur offrir.

Hy was trots op die lewe wat hy hulle kon gee.

Il était fier du bel appartement qu'ils occupaient.

Hy was trots op die pragtige woonstel waarin hulle gewoon het.

Mais cette paix était-elle sur le point de connaître une fin tragique?

Maar sou al hierdie vrede tot 'n verskriklike einde kom?

Allait-on leur ravir leur prospérité?

Sou hulle voorspoed van hulle weggeneem word?

Leur bonheur était-il désormais incertain pour l'avenir?

Was hulle tevredenheid nou onseker in die toekoms?

Mais il ne voulait pas se perdre dans de telles pensées.

Maar hy wou homself nie in sulke gedagtes verloor nie.

Pour s'occuper, il grimpait et descendait les murs.

Om homself besig te hou, het hy teen die mure op en af gekruip.

Durant cette longue soirée, une porte était entrouverte.

Gedurende die lang aand is een deur effens oopgemaak.

Et à un autre moment, l'autre porte s'ouvrit légèrement.

En op 'n ander tyd het die ander deur 'n bietjie oopgegaan.

Mais à chaque fois, les portes se sont refermées aussitôt.

Maar albei kere is die deure vinnig weer toegemaak.

De toute évidence, quelqu'un à l'extérieur souhaitait entrer.

Dit was duidelik dat iemand van buite die begeerte gehad het om in te kom.

Mais ils avaient aussi trop d'inquiétudes à l'idée de venir.

Maar hulle het ook te veel bekommernisse gehad oor die inkom.

Gregor s'arrêta alors net devant la porte du salon.

Gregor het nou direk by die sitkamerdeur stilgehou.

Il était déterminé à trouver un moyen de tenter le visiteur hésitant.

Hy was vasbeslote om die huiwerige besoeker op die een of ander manier te versoek.

Il voulait aussi savoir qui était le visiteur.

En hy wou ook weet wie die besoeker was.

Mais ce soir-là, la porte ne fut pas ouverte une troisième fois.

Maar daardie aand is die deur nie 'n derde keer oopgemaak nie.

Et Gregor passa son temps à attendre en vain près de la porte.

En Gregor het tevergeefs sy tyd by die deur deurgebring om te wag.

Plus tôt dans la journée, ils avaient tous voulu entrer dans la pièce.

Vroeër daardie dag wou hulle almal die kamer binnekom.

Maintenant que les portes étaient déverrouillées, ce serait plus facile pour eux.

Noudat die deure oopgesluit was, sou dit makliker vir hulle wees.

Mais ils ont choisi de rester de l'autre côté de la pièce.

Maar hulle het gekies om aan die ander kant van die kamer te bly.

Gregor remarqua que les clés n'étaient plus dans leurs serrures.

Gregor het opgemerk dat die sleutels nie meer in hul slotte was nie.

Quelqu'un a dû déplacer les clés vers la serrure extérieure.

Iemand moes die sleutels na die buiteslot geskuif het.

Ce n'est que tard dans la nuit que la lumière du salon était éteinte.

Eers laat in die nag is die sitkamerlig afgeskakel.

La famille a dû rester éveillée tout ce temps.

Die gesin moes die hele tyd wakker gebly het.

Et Gregor pouvait clairement les entendre s'éloigner sur la pointe des pieds.

En Gregor kon hulle duidelik hoor wegstap.

Désormais, personne n'allait venir voir Gregor avant le lendemain matin.

Nou sou niemand tot die oggend na Gregor kom nie.

Il eut donc tout le temps d'être seul, de réfléchir en toute tranquillité.

So het hy 'n lang tyd vir homself gehad, om ongestoord te dink.

Quelle serait la meilleure façon de réorganiser sa vie maintenant?

Wat sou die beste manier wees om sy lewe nou te herorganiseer?

Mais les hauts murs de la pièce vide l'effrayaient.

Maar die hoë mure van die leë kamer het hom bang gemaak.

Il n'avait pas d'autre choix que de s'allonger à plat ventre sur le sol.

Hy het geen ander keuse gehad as om homself plat op die grond te lê nie.

Et il n'a jamais trouvé la cause de sa peur dans cet espace.

En hy het nooit die oorsaak van sy vrees in daardie ruimte gevind nie.

C'était la même pièce où il avait vécu pendant cinq ans.

Dit was dieselfde kamer waarin hy vyf jaar lank gewoon het.

Semi-consciemment, il fit un mouvement vers le canapé.

Halfbewustelik het hy 'n beweging na die bank gemaak.

Et sans aucune honte, il se cacha sous le canapé.

En sonder enige skaamte het hy homself onder die bank weggekruip.

Là-bas, il se sentit immédiatement de nouveau très à l'aise.

Daar onder het hy dadelik weer baie gemaklik gevoel.

Bien que son dos soit un peu comprimé.

Ten spyte van die feit dat sy rug effens gedruk was.

Il ne pouvait plus non plus lever la tête sous le canapé.

Hy kon ook nie meer sy kop onder die bank oplig nie.

Mais même cela, il préférait éviter de se trouver dans un espace ouvert.

Maar selfs dit het hy verkies om in enige oop area te wees.

Il regrettait toutefois que son corps soit si large.

Hy het egter spyt gehad dat sy lyf so wyd was.

Le canapé ne pouvait pas recouvrir entièrement son corps.

Die bank kon nie sy hele liggaam heeltemal bedek nie.

Il est resté sous le canapé toute la nuit.

Hy het die hele nag onder die bank gebly.

Il passa la nuit à moitié endormi, troublé par sa faim.

Die nag het hy half aan die slaap deurgebring, versteur deur sy honger.

Et le temps qu'il passait éveillé, il le consacrait soit à s'inquiéter, soit à espérer.

En die tyd wat hy wakker was, het hy óf bekommerd óf hoopvol deurgebring.

Mais tous ses vagues espoirs menaient à la même conclusion.

Maar al sy vae hoop het tot dieselfde gevolgtrekking gelei.

Il n'avait d'autre choix que de rester silencieux pour le moment.

Hy het geen ander keuse gehad as om vir eers stil te bly nie.

Il devait faire preuve de patience et de considération envers la famille.

Hy moes geduld en bedagsaamheid teenoor die familie toon.

C'était le seul moyen de rendre ce désagrément supportable.

Dit was die enigste manier om die ongerief draaglik te maak.

Le désagrément qu'il imposait désormais à la famille.

Die ongerief wat hy nou op die familie afgedwing het.

Il n'a pas eu à attendre longtemps pour prouver sa compassion.

Hy hoef nie lank te wag om sy medelye te bewys nie.

Tôt le matin, sa sœur jeta un coup d'œil dans sa chambre.

Vroegoggend het die suster in sy kamer gekyk.

En réalité, c'était autant la nuit que le matin.

Alhoewel dit eintlik net soveel nag as oggend was.

Elle était entièrement habillée et semblait éprouver de l'excitation.

Sy was volledig aangetrek en het gelyk of sy opgewonde was.

La solidité de sa décision nouvellement prise pourrait être mise à l'épreuve.

Die krag van sy nuutgeneemde besluit kon getoets word.

Elle ne l'a pas immédiatement repéré au premier coup d'œil.

Sy het hom nie dadelik met haar eerste oogopslag gevind nie.

Il devait forcément être quelque part ; il n'aurait pas pu s'envoler.

Hy moes êrens wees; hy kon nie weggevlieg het nie.

Puis son regard parcourut une seconde fois la pièce.

Maar toe het haar oë 'n tweede keer oor die kamer gekyk.

Et cette fois, elle a aperçu son torse sous le canapé.

En hierdie keer het sy sy torso onder die bank gewaar.

Elle était si effrayée qu'elle a perdu tout contrôle d'elle-même.

Sy was so bang dat sy alle selfbeheersing verloor het.

Et sa première réaction fut de claquer la porte à nouveau.

En haar eerste reaksie was om die deur weer toe te slaan.

Mais elle a aussi semblé immédiatement regretter son comportement.

Maar dit het ook gelyk of sy dadelik spyt was oor haar gedrag.

Aussitôt qu'elle eut claqué la porte, elle la rouvrit.

Sodra sy die deur toegeslaan het, het sy dit weer oopgemaak.

Et cette fois, elle entra dans la pièce sur la pointe des pieds.

En hierdie keer het sy saggies op haar tone die kamer binnegestap.

Elle se déplaçait comme si elle rendait visite à une personne gravement malade.

Sy het beweeg asof sy 'n ernstig siek persoon besoek het.

Ou bien elle rendait visite à un parfait inconnu.

Of sy het dalk 'n vreemdeling besoek.

Gregor poussa sa tête presque jusqu'au bord du canapé.

Gregor het sy kop amper tot by die rand van die bank gestoot.

Et, caché sous le coffre-fort, il l'observait dans la pièce.

En van onder die kluis het hy haar in die kamer dopgehou.

Allait-elle remarquer qu'il avait oublié le lait?
Sou sy agterkom dat hy die melk gelos het?
Il n'avait pas laissé le lait par manque de faim.
Hy het nie die melk gelos nie weens enige gebrek aan honger.
Allait-elle lui apporter un autre plat?
Sou sy eerder vir hom ander kos bring?
Peut-être un plat qui corresponde mieux à ses goûts.
Miskien 'n gereg wat beter by sy voorkeure gepas het.
Mais elle aurait dû remarquer elle-même son appétit.
Maar sy sou self sy eetlus moes raaksien.
Il aurait préféré mourir de faim plutôt que de lui en parler.
Hy sou liewer uitgehonger het as om haar daarvan bewus te
maak.
En réalité, il aurait beaucoup aimé le lui dire.
Eintlik sou hy dit baie graag vir haar wou sê.
Il était vraiment tenté de tirer sur lui depuis sous le canapé.
Hy was regtig in die versoeking om onder die bank uit te
skiet.
Il avait envie de se jeter aux pieds de sa sœur.
Hy wou homself aan sy suster se voete neergooi.
Et il voulait lui demander quelque chose de bon à manger.
En hy wou haar vra vir iets lekkers om te eet.
Mais la sœur regarda alors le bol de lait.
Maar toe kyk die suster na die bak melk.
Elle remarqua aussitôt que le bol était encore plein.
Sy het dadelik opgemerk dat die bak steeds vol was.
Elle était plutôt surprise que Gregor n'ait rien mangé.
Sy was nogal verbaas dat Gregor niks geëet het nie.
Seul un peu de lait avait été renversé sur le sol.
Net 'n bietjie melk was op die vloer gemors.
Elle a aussitôt ramassé le bol et l'a emporté.
Sy het dadelik die bak opgetel en dit uitgedra.
Il vit qu'elle ne ramassait pas le bol à mains nues.
Hy het gesien sy het nie die bak met haar kaal hande opgetel
nie.
Au lieu de cela, elle ramassa le bol à l'aide d'un des chiffons.
In plaas daarvan het sy die bak met een van die lappe opgetel.

Mais Gregor oublia très vite ce petit détail.
Maar Gregor het baie vinnig van hierdie klein detailtjie
vergeet.
**Il était désormais beaucoup plus enthousiaste à propos
d'autre chose.**
Hy was nou baie meer opgewonde oor iets anders.
Qu'est-ce qu'elle pourrait apporter à la place du lait?
Wat kan sy as plaasvervanger vir die melk bring?
Il avait diverses idées sur ce qu'elle pourrait apporter.
Hy het verskillende gedagtes gehad oor wat sy sou kon bring.
Mais la gentillesse de sa sœur a dépassé ses espérances.
Maar sy suster se vriendelikheid het sy verwagtinge oortref.
Elle comprit qu'elle devait tester ses nouveaux goûts.
Sy het besef sy moes toets wat sy nuwe smaak was.
Elle a donc apporté toute une sélection de plats différents.
So sy het 'n hele verskeidenheid verskillende kosse gebring.
Légumes à moitié pourris, os du repas du soir.
Halfvrot groente, bene van die aandete.
De la sauce solidifiée provenant de leur autre repas.
Gestolde sous van die ander maaltyd wat hulle geëet het.
**Quelques raisins secs, des amandes, du pain sec, du pain
beurré.**
'n Paar rosyne, 'n paar amandels, droë brood, botterbrood.
Du pain beurré et salé.
Brood wat met botter en ook met sout gesmeer was.
**Du fromage que Gregor avait déclaré immangeable il y a
deux jours.**
Kaas wat Gregor twee dae gelede oneetbaar verklaar het.
**Toute cette sélection de nourriture était disposée sur un
journal.**
Al hierdie keuse van kos is op 'n koerant geplaas.
Elle a également placé un bol d'eau à côté de ses repas.
En sy het ook 'n bak water langs sy etes neergesit.
Elle savait que Gregor n'aurait pas mangé devant elle.
Sy het geweet Gregor sou nie voor haar geëet het nie.
Par respect pour lui, elle quitta de nouveau la pièce.
So uit respek vir hom het sy weer die kamer verlaat.

Et elle a même tourné la clé dans la serrure en partant.
En sy het selfs die sleutel in die slot gedraai toe sy weg is.
Mais elle tourna la clé très doucement et avec précaution.
Maar sy het die sleutel baie stil en versigtig gedraai.
De cette façon, seul Gregor saurait que la porte était verrouillée.
Só sou net Gregor weet dat die deur gesluit was.
Il pouvait désormais s'installer aussi confortablement qu'il le souhaitait.
Nou kon hy homself so gemaklik maak as wat hy wou.
Les jambes de Gregor s'agitaient frénétiquement à l'heure du repas.
Gregor se bene het gegons toe dit tyd was om te eet.
Il est à noter qu'il ne ressentait plus aucune gêne.
Dit is opmerklik dat hy geen ongemak meer gevoel het nie.
Ses blessures doivent déjà être complètement guéries.
Sy wonde moes reeds heeltemal genees het.
Parce qu'il ne ressentait plus ses anciens handicaps.
Omdat hy nie meer sy vorige gestremdhede gevoel het nie.
Sa nouvelle capacité de guérison le surprit et l'émerveilla.
Sy nuwe vermoë om te genees het hom verras en verstom.
Il y a plus d'un mois, il s'est coupé le doigt avec un couteau.
Meer as 'n maand gelede het hy sy vinger met 'n mes gesny.
Il y a encore deux jours, cette blessure le faisait souffrir.
Tot twee dae gelede het daardie wond hom steeds seergemaak.
« Suis-je beaucoup moins sensible maintenant? » pensa-t-il.
"Is ek nou baie minder sensitief?" het hy by homself gedink.
À ce moment-là, il suçait déjà goulûment le fromage.
Teen hierdie tyd het hy reeds gulsig aan die kaas gesuig.
Il était plus attiré par le fromage que par les autres aliments.
Hy was meer tot die kaas aangetrokke as die ander kos.
Il mangeait rapidement un morceau de fromage après l'autre.
Hy het vinnig die een stukkie kaas na die ander geëet.
Ses yeux s'embuèrent de satisfaction à la vue de ce goût.
Sy oë het getraan van tevredenheid met die smaak daarvan.

Après le fromage, il mangea les légumes et la sauce.
Na die kaas het hy die groente en die sous geëet.
Cependant, les aliments frais ne lui plaisaient pas.
Die vars kos het egter nie vir hom lekker gesmaak nie.
En fait, il ne supportait même pas l'odeur des aliments frais.
Trouens, hy kon nie eens die reuk van vars kos verdra nie.
Il a même éloigné les autres aliments des aliments frais.
Hy het selfs die ander kos van die vars kos weggesleep.
Et il a très vite terminé la nourriture la plus comestible.
En baie vinnig het hy die mees eetbare kos klaargemaak.
Tous ces mets délicieux avaient un effet soporifique sur lui.
Al die heerlike kos het 'n slaapverwekkende uitwerking op
hom gehad.
Et il s'allongea paresseusement à l'endroit où il avait mangé.
En hy het lui gelê op die plek waar hy geëet het.
Finalement, sa sœur est revenue prendre de ses nouvelles.
Uiteindelik het sy suster teruggekom om hom weer te kom
besoek.
Elle a eu la prévoyance de tourner la clé très lentement.
Sy het die vooruitsig gehad om die sleutel baie stadig te draai.
Cela a averti Gregor qu'il devait se retirer.
Dit het Gregor 'n waarskuwing gegee dat hy moes onttrek.
Étourdi et surpris, il se précipita sous le canapé.
Verstom en verskrik het hy haastig terug onder die bank
ingeklim.
Mais rester sous le canapé n'était pas si facile cette fois-ci.
Maar om onder die bank te bly was hierdie keer nie so maklik
nie.
**Son corps s'était un peu arrondi à cause de toute cette
nourriture.**
Sy lyf het effens rond geword van al die kos.
Et il devait se retenir pour ne pas s'épuiser à nouveau.
En hy moes homself beheer om nie weer uit te hardloop nie.
Même si la sœur n'est pas restée longtemps dans la chambre.
Al het die suster nie lank in die kamer gebly nie.
Il avait du mal à respirer dans cet espace étroit.
Hy het gesukkel om asem te haal onder daardie nou ruimte.

Mais il a surmonté ces petites crises d'étouffement.
Maar hy het deur die klein verstikkingsbuie gedruk.
Les yeux exorbités, il observait les agissements de sa sœur.
Met uitpeuloë het hy die suster se aktiwiteite dopgehou.
La sœur, sans se douter de rien, a tout versé dans un seau.
Die niksvermoedende suster het alles in 'n emmer gegooi.
Elle s'est non seulement débarrassée de la nourriture que Gregor n'avait pas mangée, mais elle l'a fait.
Sy het nie net die kos wat Gregor nie geëet het nie, weggegooi nie.
Mais elle jetait aussi la nourriture qu'il n'avait pas touchée.
Maar sy het ook weggegooi as die kos wat hy nie aangeraak het nie.
Apparemment, cet aliment n'était plus comestible pour personne.
Blykbaar was daardie kos nou nie meer vir enigiemand eetbaar nie.
Elle referma ensuite le seau à nourriture avec un couvercle en bois.
Sy het toe die kosemmer met 'n houtdeksel toegemaak.
Et avec la nourriture, le seau et la serpillière, elle est partie.
En met die kos, die emmer en die mop, is sy weg.
Gregor n'aurait pas pu attendre beaucoup plus longtemps.
Gregor sou nie veel langer kon wag nie.
Dès qu'elle fut partie, il s'échappa de sous le canapé.
Sodra sy weg was, het hy onder die bank uitgevlug.
Il s'étira et souffla de soulagement.
En hy het homself uitgestrek en van verligting gesug.
C'est ainsi que Gregor recevait de la nourriture de temps à autre.
Só het Gregor van nou af kos ontvang.
Sa sœur lui a donné à manger une fois, tôt le matin.
Sy suster het hom eenkeer vroeg in die oggend kos gegee.
À cette heure-ci, les parents et la bonne dormaient encore.
Op hierdie uur het die ouers en die bediende nog geslaap.
Et il a reçu un deuxième repas après le déjeuner de tout le monde.

En hy het 'n tweede maaltyd ontvang nadat almal middagete
geëet het.

Car à ce moment-là, les parents dormaient aussi un peu.
Want destyds het die ouers ook 'n rukkie geslaap.

Et la servante fut envoyée par la sœur faire une course.
En die diensmeisie is deur die suster vir een of ander sending
weggestuur.

**Ils n'avaient certainement aucune intention de laisser
Gregor mourir de faim.**
Hulle het beslis geen voorneme gehad om Gregor uit te
honger nie.

Mais ils n'auraient pas voulu le regarder manger non plus.
Maar hulle sou ook nie wou sien hoe hy eet nie.

Les informations fournies par la sœur étaient suffisantes.
Wat die suster genoem het, was genoeg inligting.

**C'était peut-être sa façon d'épargner aux parents leur
chagrin.**
Miskien was dit haar manier om die ouers die hartseer te
spaar.

Ils avaient déjà suffisamment souffert de ses actes.
Hulle het reeds genoeg onder sy dade gely.

Le premier jour s'estompait peu à peu dans les mémoires.
Die eerste dag het stadig maar seker 'n vae herinnering
geword.

**Gregor n'avait aucun moyen de savoir ce qui s'était passé ce
jour-là.**
Gregor het geen manier gehad om te weet wat daardie dag
gebeur het nie.

**Comment le serrurier a-t-il été conduit hors de
l'appartement?**
Hoe is die slotmaker uit die woonstel gelei?

Quelles excuses ont finalement satisfait le médecin?
Met watter verskonings was die dokter uiteindelik tevrede?

Il n'avait trouvé aucun moyen de se faire comprendre.
Hy het geen manier gevind om homself verstaanbaar te maak
nie.

Il n'a même pas réussi à communiquer avec sa sœur.

Hy het nie eens daarin geslaag om met sy suster te kommunikeer nie.

Ils en conclurent donc qu'il ne pouvait pas les comprendre.

En so het hulle gedink dat hy hulle nie kon verstaan nie.

C'est pourquoi aucun effort ne fut fait pour lui parler.

En daarom is geen poging aangewend om met hom te praat nie.

Sa sœur venait dans sa chambre tous les matins et à midi.

Sy suster het elke oggend en middagete in sy kamer gekom.

Mais il devait se contenter d'entendre ses soupirs.

Maar hy moes homself tevrede stel met die aanhoor van haar sugte.

Plus tard, elle s'est un peu plus habituée à la forme de Gregor.

Later het sy wel 'n bietjie meer gewoond geraak aan Gregor se vorm.

Et elle se sentait un peu plus libre de faire davantage de remarques.

En sy het 'n bietjie meer vryheid gevoel om meer opmerkings te maak.

(Même si elle ne s'y habituerait jamais complètement.)

(Alhoewel sy nooit heeltemal aan hom gewoond sou raak nie.)

Et puis Gregor eut de nouveau l'impression qu'on lui parlait un peu plus.

En toe voel Gregor weer 'n bietjie meer aangespreek.

Et il a perçu ce qu'il considérait comme des commentaires amicaux.

En hy het opgevang wat hy as vriendelike opmerkings beskou het.

"Il a apprécié son repas aujourd'hui", ou "il a tout mangé".

"Hy het vandag sy kos geniet," of "hy het alles geëet."

Mais cela n'arrivait que lorsqu'il avait fini de manger.

Maar dit was eers toe hy al sy kos geëet het.

Mais récemment, cela devenait de plus en plus rare.

Maar onlangs het dit al hoe meer ongereeld geword.

« Il touchait à peine à sa nourriture », disait-elle plus souvent maintenant.

"Hy het skaars aan sy kos geraak," het sy nou meer gereeld gesê.

Et il y avait une pointe de tristesse dans sa voix à chaque fois.

En daar was elke keer 'n tikkie hartseer in haar stem.

Gregor ne pouvait entendre aucune autre nouvelle plus directement.

Gregor kon geen ander nuus meer direk hoor nie.

Mais il a entendu beaucoup de choses se dire dans les pièces voisines.

Maar hy het baie nuus uit die aangrensende kamers gehoor.

Lorsqu'il a entendu des voix, il a couru vers la porte correspondante.

Toe hy stemme hoor, hardloop hy na die ooreenstemmende deur.

Et il a plaqué tout son corps contre la porte pour entendre.

En hy het sy hele liggaam teen die deur gedruk om te hoor.

Toutes les conversations le concernaient d'une manière ou d'une autre.

Alle gesprekke het hom op die een of ander manier geraak.

Même lorsque le sujet semblait porter sur autre chose.

Selfs toe die onderwerp oor iets anders gelyk het.

Cette observation était particulièrement vraie au début.

Hierdie waarneming was veral waar in die vroeë dae.

À chaque repas, ils répétaient la même discussion.

Tydens elke ete het hulle dieselfde bespreking herhaal.

Ils ne savaient toujours pas comment se comporter en sa présence.

Hulle was steeds onseker oor hoe om hulle rondom hom te gedra.

Mais le même sujet a également été abordé entre les repas.

Maar dieselfde onderwerp is ook tussen maaltye bespreek.

Parce qu'il y avait toujours deux membres de la famille à la maison.

Omdat daar altyd twee familielede by die huis was.

Personne ne voulait rester seul à la maison.
Niemand wou alleen in die huis bly nie.
Mais laisser l'appartement vide était également hors de question.
Maar om die woonstel leeg te laat, was ook buite die kwessie.
La femme de ménage était la seule à ne pas être attachée à l'appartement.
Die bediende was die enigste wat nie aan die woonstel gebonde was nie.
Elle avait déjà demandé à partir dès le premier jour.
Sy het reeds op die heel eerste dag gevra om te vertrek.
Elle s'est agenouillée et a supplié qu'on la renvoie.
Sy het op haar knieë geval en gesmeek om ontslaan te word.
La famille ignorait l'étendue des connaissances de la bonne.
Die familie het nie geweet hoeveel die bediende eintlik geweet het nie.
À ce stade, elle n'en avait pas vu plus que quiconque.
Op daardie stadium het sy nie meer as enigiemand anders gesien nie.
Ce qui s'était passé restait un mystère pour la famille.
Wat gebeur het, was steeds 'n raaisel vir die familie.
Mais un quart d'heure plus tard, elle fit ses adieux.
Maar 'n kwartier later het sy afskeid geneem.
Et elle a remercié la famille, les larmes aux yeux.
En sy het die familie met trane in haar oë bedank.
Mais en réalité, elle les remerciait de l'avoir libérée.
Maar eintlik het sy hulle bedank dat hulle haar vrygelaat het.
Ils semblaient lui avoir témoigné la plus grande bienveillance.
Dit lyk asof hulle haar die grootste vriendelikheid betoon het.
Elle a même prêté serment, sans qu'on le lui demande.
Sy het selfs 'n eed afgelê, sonder dat sy gevra is om dit te doen.
Elle a dit qu'elle ne dirait à personne ce qui s'était passé.
Sy het gesê sy sal niemand vertel wat gebeur het nie.
Désormais, la sœur devait cuisiner avec sa mère.
Nou moes die suster saam met haar ma kook.
Mais ce n'était pas vraiment un inconvénient majeur.

Maar dit was nie regtig te veel van 'n ongerief nie.

Parce que de toute façon, ils n'avaient presque rien mangé tous les deux.

Want die twee van hulle het in elk geval amper niks geëet nie.

Gregor surprenait sans cesse la même conversation.

Keer op keer het Gregor dieselfde gesprek gehoor.

L'un disait à l'autre qu'il devait manger davantage.

Een persoon het vir die ander gesê hulle moet meer eet.

Mais cette personne n'a reçu aucune réponse de son interlocuteur.

Maar daardie persoon het geen antwoord van die persoon ontvang nie.

« Merci, j'en ai assez », ou quelque chose de similaire.

"Dankie, ek het genoeg", of iets soortgelyks.

Peut-être qu'eux non plus ne buvaient plus rien.

Miskien het hulle ook niks meer gedrink nie.

Sa sœur demandait souvent à son père s'il voulait de la bière.

Die suster het dikwels vir haar pa gevra of hy bier wou hê.

Et elle a proposé chaleureusement d'aller chercher la bière elle-même.

En sy het hartlik aangebied om self die bier te gaan haal.

Le père gardait toujours le silence à sa demande.

Die pa het altyd stilgebly op haar versoek.

La sœur devait donc trouver un moyen de dissiper tout doute.

So moes die suster 'n manier vind om enige twyfel uit die weg te ruim.

Et elle a dit qu'elle enverrait la bonne chercher de la bière.

En sy het gesê sy sal die bediende stuur om bier te gaan haal.

Mais finalement, le père a dit un grand « non » retentissant.

Maar toe sê die pa uiteindelik 'n groot, klinkende "nee".

Puis, on n'a plus évoqué le fait qu'il boive une bière.

Toe is die onderwerp van sy bierdrink nie meer genoem nie.

Il avait déjà expliqué la situation financière auparavant.

Hy het reeds voorheen die finansiële situasie verduidelik.

En fait, il a évoqué les finances dès le premier jour.

Trouens, hy het finansies op die heel eerste dag genoem.

Il leur a bien fait comprendre quelles étaient les perspectives.

Hy het hulle deeglik bewus gemaak van wat die vooruitsigte was.

Sa propre entreprise avait fait faillite il y a environ cinq ans.

Sy eie besigheid het sowat vyf jaar gelede in duie gestort.

De temps en temps, il se levait pour quitter la table.

Elke nou en dan het hy opgestaan om die tafel te verlaat.

Et il se dirigea vers la caisse de son ancien commerce.

En hy het na die kasregister van sy ou besigheid gegaan.

Il avait conservé la caisse enregistreuse par sentimentalisme.

Hy het die kasregister uit sentimentaliteit gered.

Gregor l'entendit déverrouiller une serrure lourde et complexe.

Gregor het hom 'n swaar en ingewikkelde slot hoor oopsluit.

Et il sortit des reçus et des livres de comptes de la caisse.

En hy het kwitansies en boeke uit die kontantkis gehaal.

Après avoir pris les objets, il a refermé la caisse à clé.

Nadat hy die voorwerpe geneem het, het hy die kontantkissie weer gesluit.

Gregor n'avait entendu aucune bonne nouvelle depuis son emprisonnement.

Gregor het sedert sy gevangenskap geen goeie nuus gehoor nie.

Il pensait que l'entreprise avait ruiné son père.

Hy het gedink die besigheid het sy pa bankrot gemaak.

Le père avait certainement donné cette impression à Gregor.

Die pa het Gregor beslis daardie indruk gegee.

Et Gregor ne lui a plus jamais posé de questions sur les finances.

En Gregor het hom nooit meer oor die finansies gevra nie.

Gregor voulait faire tout son possible pour aider la famille.

Gregor wou alles in sy vermoë doen om die gesin te help.

Il voulait les aider à oublier leurs difficultés financières.

Hy wou hulle help om die sake-ongeluk te vergeet.

La faillite qui a engendré un désespoir total.

Die bankrotskap wat algehele hopeloosheid teweeggebring het.

Il s'est donc mis à travailler avec une passion toute particulière.

so het hy met 'n baie spesiale passie begin werk.

Il était devenu représentant de commerce itinérant presque du jour au lendemain.

Hy het amper oornag 'n reisende verkoopsman geword.

Avant cela, il n'avait travaillé que comme commis mal payé.

Voor dit het hy net as 'n laagbetaalde klerk gewerk.

Il avait désormais des opportunités de gains complètement différentes.

Nou het hy heeltemal ander verdienstegeleenthede gehad.

Les ventes réussies pouvaient être immédiatement converties en liquidités.

Suksesvolle verkope kon onmiddellik in kontant omgeskakel word.

L'argent étant bien sûr versé sur ses commissions.

Die kontant word natuurlik uit sy kommissies betaal.

Désormais, Gregor pouvait mettre de l'argent sur la table familiale.

Nou kon Gregor geld op die familietafel sit.

Et ils étaient étonnés et ravis de ses gains.

En hulle was verbaas en bly oor sy verdienste.

Mais ces beaux moments ne se reproduiront plus.

Maar daardie pragtige tye sal hulself nie weer herhaal nie.

Ils commençaient tout juste à s'habituer à cette période faste.

Hulle het maar net gewoond geraak aan hierdie goeie tye.

À chaque paie, la famille acceptait l'argent avec gratitude.

Elke betaaldag het die familie die geld dankbaar aanvaar.

Et Gregor était tout aussi heureux de remettre l'argent.

En Gregor was ewe bly om die geld te oorhandig.

Mais la chaleureuse affection qu'elle suscitait en retour s'est peu à peu éteinte.

Maar die warm toegeneentheid wat in ruil daarvoor gegee is, het stadig gesterf.

Seule sa sœur restait aussi proche de Gregor qu'auparavant.

Slegs sy suster het so na aan Gregor gebly soos voorheen.

Elle, contrairement à Gregor, avait une profonde appréciation pour la musique.

Sy, anders as Gregor, het 'n diep waardering vir musiek gehad.

Et elle savait jouer du violon d'une manière très touchante.

En sy het geweet hoe om die viool baie roerend te speel.

Gregor avait secrètement prévu de l'envoyer dans une école de musique.

Gregor het in die geheim beplan om haar na musiekskool te stuur.

Il n'avait pas encore décidé comment il réglerait les dépenses.

Hy het nog nie besluit hoe hy die koste sou betaal nie.

Mais d'une manière ou d'une autre, il couvrirait les frais.

Maar op die een of ander manier sou hy die koste dek.

De temps en temps, Gregor et sa famille partaient en courts séjours.

Af en toe het Gregor en die gesin op kortuitstappies gegaan.

Gregor et sa sœur abordaient souvent ce sujet.

Gregor en die suster het die onderwerp dikwels geopper.

Mais cela n'a jamais été évoqué que comme une idée merveilleuse.

Maar dit is net ooit as 'n wonderlike idee genoem.

Ils ne croyaient pas vraiment que ce rêve puisse se réaliser.

Hulle het nie regtig geglo dat die droom verwesenlik kon word nie.

Et les parents n'appréciaient pas de telles ambitions fantaisistes.

En die ouers het nie van sulke fantasievolle ambisies gehou nie.

Même lorsque le sujet a été abordé de manière tout à fait innocente.

Selfs toe die onderwerp baie onskuldig geopper is.

Mais Gregor continuait de penser à l'école de musique.

Maar Gregor het aangehou om aan die musiekskool te dink.

Et il prévoyait d'annoncer le cadeau la veille de Noël.

En hy het beplan om die geskenk op Kersaand aan te kondig.
Bien sûr, dans son état actuel, ce serait impossible.
Natuurlik sou dit in sy huidige toestand onmoontlik wees.
Mais ce genre de pensées lui traversait l'esprit.
Maar sulke soort gedagtes het deur sy kop gegaan.
Et telles étaient les pensées qui lui traversaient l'esprit en écoutant sa famille.
En hy het sulke gedagtes gehad terwyl hy na die familie geluister het.
Parfois, il était trop fatigué pour continuer à les écouter.
Soms het hy te moeg geword om na hulle te bly luister.
Sa tête s'est affaissée contre la porte, rongée par la fatigue.
Sy kop het van moegheid teen die deur geval.
Mais il appuya aussitôt de nouveau sa tête contre la porte.
Maar hy het dadelik weer sy kop teen die deur gesit.
Car même le moindre bruit s'entendait à l'extérieur.
Want selfs die geringste geraas kon buite gehoor word.
Et le moindre bruit qu'il faisait plongeait la famille dans le silence.
En enige geraas wat hy gemaak het, sou die gesin stilmaak.
« Que fait-il maintenant ? » demanda le père à sa famille.
"Wat doen hy nou?" het die pa die gesin gevra.
Il alla à la porte pour vérifier d'où venait le bruit.
En hy het na die deur gegaan om te kyk wat die geraas was.
Puis la conversation interrompue a repris progressivement.
En toe het die onderbroke gesprek geleidelik hervat.
Mais les paroles du père ont agréablement surpris tout le monde.
Maar wat die pa gesê het, het almal positief verras.
Gregor apprit alors la véritable situation financière.
Gregor het nou die ware stand van die finansies geleer.
Malgré tous ces malheurs, il y a eu aussi un peu de chance.
Ten spyte van al die teenspoed, was daar darem ook goeie geluk.
Une petite fortune d'antan était encore là.
'n Baie klein fortuin uit die ou dae was nog daar.
Le père a expliqué les choses, mais a dû se répéter.

Die pa het dinge verduidelik, maar moes homself herhaal.
Parce qu'il ne s'était pas occupé de ces choses depuis un certain temps.
Omdat hy al 'n rukkie nie met hierdie dinge te doen gehad het nie.
Et parce que la mère ne comprenait pas de telles choses.
En omdat die moeder sulke dinge nie verstaan het nie.
Les taux d'intérêt de la banque avaient légèrement augmenté.
Die rentekoerse van die bank het effens gestyg.
L'argent non utilisé avait augmenté plus que prévu.
Die onaangeraakte geld het meer as verwag toegeneem.
De plus, Gregor leur avait toujours donné ses économies.
Daarbenewens het Gregor altyd sy spaargeld vir hulle gegee.
Il n'avait jamais gardé que quelques florins pour lui-même.
Hy het altyd net 'n paar gulden vir homself gehou.
Et son argent n'avait pas été entièrement dépensé.
En sy geld was ook nie heeltemal opgebruik nie.
Ensemble, ces sommes avaient constitué un petit capital.
Saam het hierdie geld tot 'n klein kapitaal opgehoop.
Gregor, derrière sa porte, hocha la tête avec enthousiasme à la nouvelle.
Gregor, agter sy deur, het gretig geknik vir die nuus.
Il était ravi de cette prudence et de cette frugalité inattendues.
Hy was tevrede met hierdie onverwagte versigtigheid en spaarsamigheid.
Les fonds excédentaires auraient pu servir à rembourser la dette.
Die oortollige fondse kon gebruik gewees het om die skuld te betaal.
Ils n'auraient alors plus rien dû au patron.
Dan sou hulle die baas niks meer geskuld het nie.
Et Gregor aurait pu changer d'emploi bien plus tôt.
En Gregor kon baie vroeër na 'n nuwe werk verskuif het.
Mais la façon dont le père s'y était pris était bien meilleure maintenant.

Maar hoe die pa dit gereël het, was nou baie beter.

L'argent ne suffisait pas tout à fait pour vivre des intérêts.

Die geld was nie heeltemal genoeg om van die rente te leef nie.

Et il a fallu mettre de l'argent de côté pour les urgences.

En 'n bietjie geld moes opsy gesit word vir noodgevalle.

Cela n'aurait suffi que pour un an ou deux.

Dit sou net genoeg geld vir 'n jaar of twee gewees het.

Cela signifiait que quelqu'un devait gagner de l'argent pour qu'ils puissent vivre.

Dit het beteken dat iemand geld moes verdien sodat hulle kon aan die lewe kon bly.

Le père n'était pas malade et il était assez fort.

Die pa was nie ongesond nie, en hy was sterk genoeg.

Mais il était sans emploi depuis plus de cinq ans.

Maar hy was al meer as vyf jaar sonder werk.

Et, du fait de son âge, il lui restait peu de confiance en lui.

En, as gevolg van sy ouderdom, het hy min selfvertroue oorgehad.

Il avait également pris beaucoup de poids ces derniers temps.

Hy het ook die afgelope tyd baie gewig aangesit.

Sa vie avait toujours été ardue et infructueuse.

Sy lewe was nog altyd moeilik en onsuksesvol.

Et c'étaient les premières vacances qu'il ait jamais prises.

En dit was die eerste vakansie wat hy ooit gehad het.

Et, faute d'être occupé, il était devenu assez maladroit.

En sonder om besig gehou te word, het hy nogal lomp geword.

Ne serait-il pas préférable que la vieille mère gagne l'argent?

Sou dit beter wees as die ou moeder die geld verdien het?

La vieille mère qui souffrait d'asthme.

Die ou moeder wat aan asma gely het.

La vieille mère qui peinait à monter les escaliers.

Die ou moeder wat gesukkel het om die trappe op te loop.

La vieille mère qui passait son temps allongée sur le canapé.

Die ou moeder wat haar tyd op die bank deurgebring het.

La vieille mère qui préférait rester près de la fenêtre.
Die ou moeder wat verkies het om by die venster te bly.
Pour qu'elle puisse reprendre son souffle quand elle en aurait besoin.
Sodat sy haar asem kon skep wanneer sy dit nodig gehad het.
Ne serait-il pas préférable que ce soit la jeune sœur qui gagne l'argent?
Sou dit beter wees as die jonger suster die geld verdien het?
La sœur, qui à dix-sept ans n'était encore qu'une enfant.
Die suster, wat op sewentien nog maar net 'n kind was.
La sœur qui ne connaissait que quelques modestes plaisirs.
Die suster wat slegs 'n paar beskeie plesiere gehad het.
La sœur qui aimait surtout jouer du violon.
Die suster wat hoofsaaklik daarvan gehou het om viool te speel.
Elle savait que son mode de vie antérieur était très enviable ;
Sy het geweet dat haar vorige lewenswyse baie benydenswaardig was;
Bien s'habiller, faire la grasse matinée, aider à la maison.
Netjies aantrek, laat wakker word, in die huis help.
La conversation tournait souvent autour de la nécessité de gagner de l'argent.
Die gesprek het dikwels gegaan oor die behoefte om geld te verdien.
Gregor était toujours le premier à lâcher la porte.
Gregor was altyd die eerste om die deur los te laat.
Cette conversation l'avait rempli de honte et de chagrin.
Die gesprek het hom warm gemaak van skaamte en hartseer.
Il se laissa donc tomber sur le canapé en cuir qui refroidissait.
So het hy homself op die verkoelende leerbank gegooi.
Et il passait souvent le reste de la nuit sur le canapé.
En hy het dikwels die res van die nag op die bank deurgebring.
Il ne dormait jamais vraiment sur le canapé, ni la nuit.
Hy het nooit regtig op die bank geslaap nie, en ook nie in die nag nie.

Souvent, il se contentait de gratter le cuir pendant des heures.
Dikwels het hy net ure aaneen aan die leer gekrap.
D'autres fois, il poussait le fauteuil jusqu'à la fenêtre.
Ander kere het hy die leunstoel na die venster gestoot.
Cela a nécessité à lui seul beaucoup d'efforts de sa part.
Dit alleen het baie moeite van sy kant vereis.
Le fauteuil l'a aidé à ramper jusqu'au rebord de la fenêtre.
Die leunstoel het hom gehelp om op die vensterbank te kruip.
Et de là, il put s'appuyer contre la fenêtre.
En van daar af kon hy teen die venster leun.
Il éprouvait un grand sentiment de liberté en faisant cela.
Hy het 'n groot gevoel van vryheid ervaar deur dit te doen.
Peut-être recherchait-il une sensation de liberté d'antan.
Miskien het hy na een of ander ou bevrydende gevoel gesoek.
Mais sa vue n'était plus aussi perçante qu'avant.
Maar sy visie was nie so skerp soos dit vroeër was nie.
Les objets situés à une certaine distance étaient flous et indistincts.
Dinge op 'n effense afstand was vaag en onduidelik.
Il ne pouvait plus voir l'hôpital de l'autre côté de la rue.
Hy kon nie meer die hospitaal oorkant die pad sien nie.
Avant, il maudissait le paysage, maintenant il voulait le voir.
Voorheen het hy die uitsig vervloek, nou wou hy dit sien.
Il savait qu'il habitait dans la paisible Charlottenstrasse, en pleine ville.
Hy het geweet hy woon in die stil, stedelike Charlottenstrasse.
Mais il a peut-être cru qu'il regardait vers le désert.
Maar hy het dalk gedink hy kyk na die woestyn.
Un désert où le ciel gris et la terre grise se confondaient.
'n Woesteny waar die grys lug en die grys aarde saamgesmelt het.
La sœur attentive remarqua à deux reprises que la chaise avait bougé.
Twee keer het die aandagtige suster opgemerk dat die stoel geskuif het.
Après avoir rangé, elle a repoussé la chaise vers la fenêtre.

Nadat sy opgeruim het, het sy die stoel terug na die venster gestoot.

Et désormais, elle laissait même la fenêtre ouverte.

En van nou af het sy selfs die vensterraam oopgelaat.

Gregor aurait vraiment souhaité pouvoir parler à sa sœur.

Gregor het werklik gewens hy kon met sy suster praat.

Il voulait la remercier pour tout ce qu'elle avait fait pour lui.

Hy wou haar bedank vir alles wat sy vir hom gedoen het.

Il aurait alors plus facilement toléré leurs services.

Dan sou hy hul dienste makliker verdra het.

Mais en l'état actuel des choses, il souffrait de son aide.

Maar soos dinge was, het hy gely onder haar hulp.

La sœur, bien sûr, a tenté de dissimuler la gêne.

Die suster het natuurlik probeer om die verleentheid te vervaag.

Et elle faisait de son mieux pour feindre de ne pas se sentir accablée.

En sy het haar bes gedoen om voor te gee dat sy nie belas voel nie.

Bien sûr, c'est quelque chose qu'elle devait d'abord pratiquer.

Natuurlik is dit iets wat sy eers moes oefen.

Et plus le temps passait, plus elle devenait douée.

En hoe meer tyd verbygegaan het, hoe beter het sy daarmee geword.

Mais Gregor eut également plus de temps pour constater sa supercherie.

Maar Gregor is ook meer tyd gegee om haar voorwendsel te sien.

Même son entrée dans sa chambre était une épreuve pour lui.

Selfs haar toetrede tot sy kamer was 'n beproewing vir hom.

Dès qu'elle est entrée, elle a couru directement vers la fenêtre.

Sodra sy binnegekom het, het sy reguit na die venster gehardloop.

Elle n'a même pas pris le temps de fermer la porte.

Sy het nie eers die tyd geneem om die deur toe te maak nie.

Normalement, elle épargnait à tout le monde la vue de la chambre de Gregor.

Gewoonlik het sy almal die aanblik van Gregor se kamer gespaar.

Et elle ouvrit brusquement la fenêtre d'un geste rapide.

En sy het die venster met haastige hande oopgeruk.

Puis elle reprit sa respiration comme si elle avait suffoqué.

Toe haal sy weer asem asof sy besig was om te versmoor.

L'air qui entrait était froid, et elle respira profondément.

Die lug wat ingekom het was koud, en sy het diep asemgehaal.

Mais elle resta néanmoins un moment près de la fenêtre.

Maar nietemin het sy 'n rukkie by die venster gebly.

Elle effrayait Gregor deux fois par jour avec ce rituel.

Sy het Gregor twee keer per dag met hierdie roetine bang gemaak.

Pendant qu'elle était dans la pièce, il tremblait sous le canapé.

Terwyl sy in die kamer was, het hy onder die bank gebewe.

Il savait qu'elle aurait aimé lui épargner cette épreuve.

Hy het geweet sy sou hom graag die beproewing wou spaar.

Mais elle ne pouvait pas rester dans la pièce avec la fenêtre fermée.

Maar sy kon nie in die kamer wees met die venster toe nie.

Il y a eu une fois où elle est arrivée un peu plus tôt.

Daar was een keer toe sy 'n bietjie vroeër ingekom het.

Probablement environ un mois après la transformation de Gregor.

Waarskynlik omtrent 'n maand na Gregor se transformasie.

Elle s'était plus ou moins habituée à sa nouvelle apparence.

Sy het ietwat gewoond geraak aan sy nuwe voorkoms.

Elle n'avait donc plus aucune raison d'être particulièrement choquée.

Sy het dus geen rede gehad om meer besonder geskok te wees nie.

Elle le trouva toujours immobile, le regard fixé par la fenêtre.
Sy het hom steeds bewegingloos by die venster uitgestaar gevind.
Il se trouvait dans le pire endroit où il aurait pu être.
Hy was op die verskriklikste plek waar hy kon wees.
Il n'aurait pas été surpris si elle n'était pas entrée.
Hy sou nie verbaas gewees het as sy nie ingekom het nie.
Il l'empêcha d'ouvrir la fenêtre.
Waar hy haar verhinder het om die venster oop te maak.
Elle quitta rapidement la pièce et ferma la porte.
Sy het vinnig weer die kamer verlaat en die deur toegemaak.
Un étranger aurait pu tirer toutes sortes de conclusions.
'n Vreemdeling kon tot allerhande gevolgtrekkings gekom het.
Peut-être attendait-il simplement l'occasion de la mordre.
Miskien het hy net gewag vir die kans om haar te byt.
Gregor, bien sûr, s'est immédiatement caché sous le canapé.
Gregor het natuurlik dadelik onder die bank weggekruip.
Mais il dut attendre midi pour que sa sœur revienne.
Maar hy moes tot twaalfuur wag vir sy suster om terug te keer.
Et elle semblait beaucoup plus agitée que d'habitude.
En sy het baie meer rusteloos as haar gewone self gelyk.
Il réalisa que sa vue lui était encore insupportable.
Hy het besef dat die aanskoue van hom steeds ondraaglik was.
Sa vue allait lui rester insupportable.
Die aanblik van hom sou vir haar ondraaglik bly.
Elle ne pouvait probablement pas supporter de le voir, même partiellement.
Sy kon waarskynlik nie verdra om enige deel van hom te sien nie.
Une petite partie dépassait toujours de sous le canapé.
'n Klein deeltjie het altyd onder die rusbank uitgesteek.
Un jour, il transporta un drap sur son dos jusqu'au canapé.
Eendag het hy 'n beddegoed op sy rug na die bank gedra.
Il voulait lui épargner de voir quoi que ce soit de lui.

Hy wou haar spaar om enige deel van hom te sien.
Il arrangea le drap de façon à ce qu'il soit entièrement caché.
Hy het die beddegoed so gerangskik dat hy heeltemal
verborge was.
Même si elle se baissait, elle ne pourrait pas le voir.
Selfs al sou sy buk, sou sy hom nie kon sien nie.
L'opération a pris à Gregor plus de trois heures.
Die hele poging het Gregor meer as drie uur geneem.
Elle a peut-être pensé que le drap était inutile.
Sy het dalk gedink die beddegoed was onnodig.
Elle aurait su qu'il ne voulait pas du drap.
Sy sou geweet het dat hy nie die beddegoed wou hê nie.
Il le faisait pour son confort, et non pour lui-même.
Hy het dit vir haar gerief gedoen, en nie vir homself nie.
Et elle aurait pu enlever le drap si elle l'avait voulu.
En sy kon die beddegoed verwyder het as sy wou.
Mais elle laissa le drap là où Gregor l'avait mis.
Maar sy het die beddegoed gelos waar Gregor dit neergelê het.
Et Gregor crut même avoir aperçu un regard reconnaissant.
En Gregor het selfs gedink hy het 'n dankbare blik gekry.
Il avait doucement soulevé le drap avec sa tête.
Hy het die beddegoed saggies met sy kop opgelig.
Il voulait savoir si sa sœur appréciait cet arrangement.
Hy wou sien of sy suster van die reëling hou.

**Les deux premières semaines ont été les plus difficiles pour
les parents.**
Die eerste twee weke was die moeilikste vir die ouers.
Ils n'ont pas eu le courage d'entrer et de le voir.
Hulle kon hulself nie sover kry om in te kom en hom te sien
nie.
Il a surpris plusieurs de leurs conversations à cette époque.
Hy het baie van hulle gesprekke destyds gehoor.
Ils ont pleinement reconnu tout ce que faisait la sœur.
Hulle het ten volle erken wat die suster alles gedoen het.
Même s'ils étaient souvent agacés par elle.
Al was hulle dikwels geïrriteerd met haar.

Parce qu'elle semblait être une fille un peu inutile.
Omdat sy soos 'n ietwat nuttelose meisie gelyk het.
C'étaient maintenant eux qui attendaient de l'autre côté de la pièce.
Nou was dit hulle wat aan die ander kant van die kamer gewag het.
Et c'est elle qui est entrée dans la pièce pour tout faire.
En dit was sy wat die kamer ingegaan het om alles te doen.
Dès qu'elle est sortie, ils ont voulu tout savoir.
Sodra sy uitgekom het, wou hulle alles weet.
Elle a dû leur décrire précisément l'aspect de la pièce.
Sy moes hulle presies vertel hoe die kamer lyk.
« Qu'est-ce que Gregor a mangé? Comment s'est-il comporté cette fois-ci? »
"Wat het Gregor geëet? Hoe het hy hom hierdie keer gedra?"
«Y avait-il peut-être une légère amélioration à constater?»
"Was daar dalk 'n effense verbetering te sien?"
La mère, d'ailleurs, était en réalité plus courageuse.
Die moeder, terloops, was eintlik meer dapper.
Et bien sûr, c'était son propre fils qui se trouvait dans la pièce.
En natuurlik was dit haar eie seun binne-in die kamer.
Elle souhaitait en fait rendre visite à Gregor assez rapidement.
Sy wou Gregor eintlik betreklik gou besoek.
Mais au départ, son père et sa sœur l'ont retenue.
Maar die pa en die suster het haar aanvanklik teruggehou.
Ils ont avancé des arguments très rationnels pour qu'elle n'y aille pas.
Hulle het baie rasionele argumente aangevoer vir haar om nie te gaan nie.
Gregor écouta très attentivement leur raisonnement.
Gregor het baie aandagtig na hulle redenasie geluister.
Et il acceptait ce raisonnement autant que sa mère.
En hy het die redenasie net soveel as sy ma aanvaar.
Plus tard, cependant, il a fallu la retenir par la force.
Later moes sy egter met geweld teruggehou word.

«Laissez-moi entrer voir Gregor, c'est mon malheureux fils !»
"Laat my binne by Gregor, hy is my ongelukkige seun!"
« Tu ne comprends pas que je dois aller le voir? »
"Verstaan jy nie dat ek hom moet gaan sien nie?"
Gregor fut également convaincu par les arguments de sa mère.
Gregor was ook oortuig deur sy ma se argumente.
Peut-être avait-elle raison ; ce serait bien qu'elle vienne.
Miskien was sy reg; dit sou goed wees as sy inkom.
Le voir tous les jours serait beaucoup trop lourd.
Om hom elke dag te kom sien, sou heeltemal te veel wees.
Mais le voir une fois par semaine suffirait peut-être.
Maar om hom miskien een keer per week te sien, is dalk genoeg.
Elle pourrait comprendre les choses bien mieux que sa sœur.
Sy verstaan dinge dalk baie beter as die suster.
Malgré tout son courage, elle n'était encore qu'une enfant.
Ten spyte van al haar moed, was sy nog maar net 'n kind.
Peut-être une insouciance enfantine l'a-t-elle poussée à entreprendre cette tâche.
Miskien het kinderlike roekeloosheid haar die taak laat aanpak.
Mais le souhait de Gregor de revoir sa mère se réalisa bientôt.
Maar Gregor se wens om sy ma te sien, het gou waar geword.
Durant la journée, Gregor se tenait à l'écart de la fenêtre.
Gedurende die dag het Gregor van die venster weggebly.
Il a agi ainsi par égard pour ses parents.
Dit het hy uit bedagsaamheid teenoor sy ouers gedoen.
Il n'avait pas beaucoup de place pour ramper sur le sol.
Hy het nie veel plek gehad om op die vloer rond te kruip nie.
Il avait du mal à rester immobile pendant la nuit.
Hy het dit moeilik gevind om gedurende die nag stil te lê.
Manger ne lui procurait plus le moindre plaisir.
Eet het hom nie meer die minste plesier gegee nie.
Bien sûr, il devait trouver un moyen de se distraire.
Natuurlik moes hy 'n manier vind om homself af te lei.

Pour se divertir, il grimpait et descendait les murs.
Om homself te vermaak het hy teen die mure op en af gekruip.
Et il rampait aussi le long du plafond, la tête en bas.
En hy het ook onderstebo teen die plafon gekruip.
Il était particulièrement heureux lorsqu'il était suspendu au plafond.
Hy was veral bly toe hy van die plafon af gehang het.
C'était complètement différent de s'allonger par terre.
Dit was heeltemal anders as om op die vloer te lê.
Il trouvait qu'il respirait beaucoup plus facilement dans cette position.
Hy het dit baie makliker gevind om in hierdie posisie asem te haal.
Une légère mais agréable vibration parcourut son corps.
'n Ligte maar aangename vibrasie het deur sy liggaam gegaan.
Parfois, il se laissait même trop aller à son bonheur.
Soms het hy selfs te veel in sy geluk ontspan.
Il lui arrivait d'être distrait et de lâcher prise du plafond.
Hy het soms afgelei geraak en die plafon laat gaan.
Et à sa propre surprise, il atterrit de nouveau sur le sol.
En tot sy eie verbasing het hy terug op die grond geland.
Mais il maîtrisait bien mieux son corps qu'auparavant.
Maar hy het baie beter beheer oor sy liggaam gehad as voorheen.
Ainsi, il ne se blessait plus lors de chutes aussi importantes.
So hy het homself nou nie van sulke groot val beseer nie.
Sa sœur remarqua immédiatement le nouveau plaisir de Gregor.
Die suster het Gregor se nuwe plesier dadelik opgemerk.
Et on retrouvait des traces de colle là où il avait rampé.
En daar was spore van kleefmiddel waar hy gekruip het.
Là encore, la sœur pensa au bien-être de Gregor.
Hier het die suster weer aan Gregor se welstand gedink.
Il apprécierait peut-être d'avoir plus d'espace pour ramper.
Miskien sal hy meer ruimte waardeer om rond te kruip.
Et l'idée s'est fermement ancrée dans son esprit.

En die idee het homself stewig in haar kop gevestig.

Certains meubles volumineux entravaient sa liberté de mouvement.

Van die groot meubels het sy vrye beweging verhinder.

Il ne travaillait plus, il n'avait donc plus besoin du bureau.

Hy het nie meer gewerk nie, so hy het nie die lessenaar nodig gehad nie.

Et la boîte prenait plus de place que nécessaire. ***

En die boks het ook meer spasie opgeneem as wat nodig was. ***

La sœur n'était pas en mesure de déplacer ces choses seule.

Die suster kon nie hierdie goed alleen skuif nie.

Bien sûr, elle n'osait pas demander de l'aide à son père.

Natuurlik het sy nie gewaag om die pa om hulp te vra nie.

La bonne ne l'aurait certainement pas aidée non plus.

Die bediende sou haar verseker ook nie gehelp het nie.

La nouvelle femme de ménage était en réalité un an plus jeune qu'elle.

Die nuwe bediende was in werklikheid 'n jaar jonger as sy.

Elle avait courageusement endossé le rôle de l'ancienne bonne.

Sy het dapper die rolle van die voormalige diensmeisie aangeneem.

Mais il y avait un privilège auquel elle tenait absolument.

Maar daar was een voorreg waarop sy aangedring het.

Elle voulait que la cuisine reste verrouillée en permanence.

Sy wou die kombuis te alle tye gesluit hou.

La sœur n'avait donc pas d'autre choix que de demander à sa mère.

So het die suster geen ander keuse gehad as om haar ma te vra nie.

La mère est venue à son secours en poussant des cris de joie.

Met uitroepe van opgewonde vreugde het die moeder gekom om te help.

Mais elle se tut devant la porte de la chambre de Gregor.

Maar sy het stil geword by die deur van Gregor se kamer.

La sœur a vérifié que tout était en ordre dans la chambre.

Die suster het gekyk of alles in die kamer in orde is.

Gregor avait tiré précipitamment encore plus fort sur le drap.

Gregor het die beddegoed haastig nog stywer getrek.

Bien que le drap-housse paraisse encore disposé au hasard.

Alhoewel die beddegoed steeds lukraak gerangskik gelyk het.

Et ce n'est qu'alors qu'elle laissa sa mère entrer dans la pièce.

En eers toe het sy haar ma die kamer binnegelaat.

Gregor s'abstint également d'espionner sous le drap.

Gregor het ook daarvan weerhou om onder die laken van te spioeneer.

Il a décidé de ne pas voir sa mère cette fois-ci.

Hy het besluit om hierdie keer nie sy ma te sien nie.

Gregor était déjà content qu'elle soit venue.

Gregor was bly genoeg dat sy hoegenaamd ingekom het.

«Entrez, vous ne pouvez pas le voir», dit la sœur.

"Kom binne, jy kan hom nie sien nie," het die suster gesê.

Gregor supposa qu'elle tenait sa mère par la main.

Gregor het aangeneem dat sy haar ma aan die hand gelei het.

Puis il entendit les deux femmes, faibles, déplacer les meubles.

Toe hoor hy die twee swak vroue die meubels skuif.

La sœur semblait s'attribuer la majeure partie du travail.

Dit het gelyk of die suster die meeste van die werk vir haarself opgeëis het.

Sa mère craignait qu'elle ne s'épuise.

Haar ma was bang dat sy haarself sou ooreis.

Mais la sœur n'a prêté aucune attention à ces avertissements.

Maar die suster het geen aandag aan hierdie waarskuwings geskenk nie.

Mais même après quinze minutes, les progrès étaient très lents.

Maar selfs na vyftien minute was die vordering baie stadig.

Ils n'avaient pas réussi à déplacer les meubles très loin.

Hulle het nie daarin geslaag om die meubels baie ver te skuif nie.

Ils commençaient lentement à ressentir un sentiment de défaite.

Hulle het stadig maar seker 'n gevoel van nederlaag begin voel.

La mère fut la première à reconnaître l'inutilité de la démarche.

Die moeder was die eerste om die nutteloosheid te erken.

« Il vaudrait peut-être mieux laisser la boîte ici. »

"Miskien is dit beter om die boks hier te los."

« Le carton est trop lourd pour que nous puissions le déplacer plus loin. »

"Die boks is te swaar vir ons om veel verder te skuif."

« Et nous n'aurons pas terminé avant l'arrivée de votre père. »

"En ons sal nie klaar wees voordat jou pa opdaag nie."

« Laisser la boîte ici lui barrerait encore plus le passage. »

"As ek die boks hier los, sou dit sy pad nog meer versper."

« Et pouvons-nous être sûrs de lui rendre service ? »

"En kan ons seker wees dat ons hom 'n guns bewys?"

Ils commencèrent à penser que le contraire pourrait bien être vrai.

Hulle het begin dink dat die teenoorgestelde moontlik waar kon wees.

La vue du mur vide lui pesait lourdement sur le cœur.

Die aanblik van die leë muur het swaar op haar hart gedruk.

Qui nous dit que Gregor ne ressentirait pas la même chose?

Wat sê Gregor sou nie ook so voel nie?

«Il est déjà habitué aux meubles de sa chambre.»

"Hy is reeds gewoond aan die meubels in sy kamer."

«Il pourrait se sentir encore plus abandonné dans une pièce vide.»

"Hy mag dalk selfs meer verlate voel in 'n leë kamer."

À ce moment-là, sa voix s'était presque réduite à un murmure.

Teen hierdie tyd het haar stem amper tot 'n fluistering verlaag.

Elle ignorait en réalité où se trouvait exactement Gregor.

Sy het nie eintlik geweet waar Gregor presies was nie.

Elle ne voulait même pas qu'il entende sa voix.
Sy wou nie hê hy moes eers die geluid van haar stem hoor nie.
Bien qu'elle fût certaine qu'il ne la comprenait pas.
Alhoewel sy seker was dat hy haar nie verstaan het nie.
« N'aurait-on pas l'impression de l'avoir complètement abandonné? »
"Sou dit nie voel asof ons heeltemal moed opgegee het met hom nie?"
«N'aura-t-il pas l'impression qu'on le laisse se débrouiller seul?»
"Sal hy nie voel asof ons hom alleen los om te klaarkom nie?"
«Nous devrions laisser la pièce exactement comme elle était.»
"Ons moet die kamer presies los soos dit was."
« Gregor finira par nous revenir comme avant. »
"Uiteindelik sal Gregor na ons terugkeer soos hy was."
«Alors il constatera que tout est encore à sa place.»
"Dan sal hy vind dat alles nog op sy plek is."
« Et il oubliera beaucoup plus facilement la période intermédiaire. »
"En hy sal die tussentydse tydperk baie makliker vergeet."
En entendant ces mots, Gregor réalisa quelque chose.
Toe Gregor hierdie woorde hoor, het hy iets besef.
Son esprit était devenu confus au cours des deux derniers mois.
Sy gedagtes het die afgelope twee maande verward geraak.
Le manque d'interactions humaines ne lui avait pas fait de bien.
Die gebrek aan menslike interaksie was nie goed vir hom nie.
Il avait vraiment besoin de la vie monotone au sein de sa famille.
Hy het werklik die eentonige lewe te midde van sy familie nodig gehad.
Pourquoi aurait-il formulé une demande aussi absurde autrement?
Waarom anders sou hy so 'n onsinnige eis gestel het?
Quel sens pouvait-il y avoir à vider sa chambre?

Watter moontlike sin was daar om sy kamer leeg te maak?
La chambre confortable est meublée de meubles hérités.
Die gemaklike kamer is gemeubileer met geërfde meubels.
Pourquoi voudrait-il transformer cette chaleur familière en une grotte?
Waarom sou hy hierdie bekende warmte in 'n grot wou verander?
Une grotte où il pouvait ramper en toute tranquillité dans toutes les directions.
'n Grot waar hy in alle rigtings in vrede kon kruip.
Mais une grotte où il oublia rapidement son passé humain.
Maar 'n grot waarin hy sy menslike verlede vinnig vergeet het.
Il se demandait s'il était déjà sur le point d'oublier.
Hy moes wonder of hy reeds naby daaraan was om te vergeet.
La voix de sa mère l'avait secoué et lui avait fait se souvenir.
Die stem van sy ma het hom so laat onthou.
La voix qu'il n'avait pas entendue depuis si longtemps.
Die stem wat hy so lanklaas gehoor het.
Il ne fallait rien enlever ; tout devait rester.
Niks moes verwyder word nie; alles moes bly.
Le mobilier a eu un effet positif sur son état.
Die meubels het wel 'n positiewe uitwerking op sy toestand gehad.
Et il ne pouvait pas s'en sortir sans ce lien avec le passé.
En hy kon nie sonder hierdie anker aan die verlede klaarkom nie.
Les meubles l'empêchaient de ramper sans but.
Die meubels het sy sinnelose rondkruip verhoed.
Mais ce n'était pas une perte ; c'était au contraire un grand avantage.
Maar dit was geen verlies nie; eerder 'n groot voordeel.
Malheureusement, sa sœur avait un avis très différent.
Ongelukkig het die suster 'n heel ander mening gehad.
Elle était en quelque sorte devenue la porte-parole de Gregor.
Sy het ietwat 'n woordvoerder vir Gregor geword.
Bien sûr, son opinion n'était pas totalement injustifiée.

Natuurlik was haar mening nie heeltemal ongeregverdig nie.

Mais l'opinion de sa mère devait être contredite ici.

Maar haar ma se mening moes hier weerspreek word.

Il ne s'agissait plus seulement d'enlever la boîte.

Dit was nie net die boks wat nou verwyder moes word nie.

Son bureau et son armoire ne pouvaient pas rester en place non plus.

Sy lessenaar en die klerekas kon ook nie bly staan nie.

La seule chose indispensable était le canapé.

Die enigste ding wat onontbeerlik was, was die bank.

Elle n'a pas pris cette décision par simple rébellion enfantine.

Sy het dit nie net uit kinderlike verset besluit nie.

Ce n'était pas non plus sa confiance en soi récemment acquise.

Dit was ook nie haar onlangs verworwe selfvertroue nie.

La nouvelle confiance qu'elle avait acquise lui a permis de travailler si dur pour gagner.

Die nuwe selfvertroue wat sy so hard moes werk om te wen.

Même si personne ne s'attendait à ce qu'elle y parvienne.

Al het niemand verwag dat sy dit sou kon doen nie.

Gregor avait vraiment besoin de beaucoup d'espace pour ramper.

Gregor het regtig baie spasie nodig gehad om te kruip.

Le mobilier ne faisait que réduire l'espace dont il disposait.

Die meubels het slegs die ruimte wat hy beskikbaar gehad het, beperk.

Elle était capable de mieux voir ces choses que sa mère.

Sy kon hierdie dinge beter sien as die ma.

Mais peut-être que son esprit romantique a aussi joué un rôle.

Maar miskien het haar romantiese gees ook 'n rol gespeel.

Les filles de cet âge acquièrent souvent un certain enthousiasme.

Meisies van daardie ouderdom kry dikwels 'n sekere entoesiasme.

Et ils éprouvent le besoin d'obtenir ce qu'ils veulent chaque fois qu'ils le peuvent.
En hulle voel 'n behoefte om hul sin te kry wanneer hulle kan.
C'est peut-être pour cela qu'elle voulait le saboter en secret.
Miskien is dit hoekom sy hom in die geheim wou saboteer.
Il est encore plus terrifiant lorsqu'il rampe sur les murs.
Hy is selfs meer vreesaanjaend wanneer hy op die mure kruip.
Les parents n'osaient plus entrer dans la pièce.
Die ouers sou nie meer durf om die kamer binne te gaan nie.
Elle serait véritablement la seule à prendre soin de son frère.
Sy sou werklik die enigste versorger van haar broer wees.
Elle ne laissa pas sa mère la persuader du contraire.
Sy het nie toegelaat dat haar ma haar anders oortuig nie.
La mère de Gregor se sentait déjà mal à l'aise dans la pièce.
Gregor se ma het reeds ongemaklik in die kamer gevoel.
Elle cessa bientôt de parler et aida de nouveau sa fille.
Sy het gou opgehou praat en haar dogter weer gehelp.
Avec leurs forces restantes, ils ont enlevé l'armoire.
Met hul oorblywende krag het hulle die klerekas verwyder.
La commode, il pouvait s'en passer.
Die laaikas was iets waarsonder hy kon klaarkom.
Mais le bureau allait devoir rester en place pour le moment.
Maar die lessenaar sou vir eers moes bly.
Pendant l'absence des femmes, il tenta d'évaluer la pièce.
Terwyl die vroue weg was, het hy probeer om die kamer te beoordeel.
Et Gregor passa la tête sous le canapé.
En Gregor steek sy kop onder die bank uit.
Il devait voir ce qu'il pouvait faire face à la situation.
Hy moes kyk wat hy aan die situasie kon doen.
Mais il a été aussi prudent et attentionné que possible.
Maar hy was so versigtig en bedagsaam as moontlik.
Malheureusement, c'est la mère qui est revenue la première.
Ongelukkig was dit die ma wat eerste teruggekeer het.
Grete était encore en train de déplacer l'armoire dans la pièce voisine.

Grete was nog besig om die klerekas in die volgende kamer te skuif.

Mais la mère n'était pas habituée à la vue de Gregor.

Maar die moeder was nie gewoond aan die gesig van Gregor nie.

Un simple aperçu de lui aurait pu la rendre malade.

Selfs net 'n kykie na hom kon haar siek maak.

Gregor recula précipitamment jusqu'à l'autre bout du canapé.

Gregor het agteruit na die verste punt van die bank gehaas.

Mais il ne pouvait pas reculer et maintenir le drap en équilibre.

Maar hy kon nie terugbeweeg en die beddegoed balanseer nie.

Ce mouvement suffit à attirer l'attention de la mère.

Die beweging was genoeg om die ma se aandag te trek.

Elle marqua une pause et resta immobile un bref instant.

Sy het gepouseer en vir 'n kort oomblik baie stil gestaan.

Puis elle se retourna et sortit de la pièce.

Toe draai sy om en gaan terug uit die kamer.

Gregor se répétait sans cesse que rien d'inhabituel ne s'était produit.

Gregor het homself bly vertel dat niks ongewoons gebeur het nie.

« Ce ne sont que quelques meubles qui ont été emportés. »

"Dis net 'n paar meubels wat weggeneem is."

Mais il dut bientôt admettre que ces événements l'avaient affecté.

Maar hy moes gou erken dat die gebeure hom geraak het.

Les femmes disaient tout ce qu'elles faisaient.

Die vroue het alles gesê wat hulle doen.

Ils faisaient des allers-retours dans la pièce.

Hulle het heen en weer deur die kamer geloop.

Le bruit des meubles qui grattent le sol.

Die gekrap van al die meubels op die vloer.

Il avait l'impression d'être assailli de toutes parts.

Hy het gevoel asof hy van alle kante aangeval word.

Il replia sa tête et ses jambes aussi fort qu'il le put.

Hy het sy kop en bene so styf as moontlik ingetrek.

De toutes ses forces, il plaqua son corps au sol.

Met al sy krag het hy sy liggaam teen die grond gedruk.

Il savait qu'il ne pourrait pas supporter tout cela encore longtemps.

Hy het geweet hy kon dit alles nie veel langer verduur nie.

Ils ont vidé sa chambre et ont pris tout ce qu'il aimait.

Hulle het sy kamer leeggemaak en alles geneem wat hy liefgehad het.

Ils avaient déjà pris la boîte contenant tous ses outils.

Hulle het reeds die boks met al sy gereedskap geneem.

Ils étaient en train de déloger son lourd bureau du sol.

Nou was hulle besig om sy swaar lessenaar van die grond los te maak.

Le bureau sur lequel il avait travaillé en rentrant du travail.

Die lessenaar waaraan hy gewerk het nadat hy van die werk af teruggekeer het.

Le bureau sur lequel il avait noté ses missions professionnelles.

Die lessenaar waarop hy sy besigheidsopdragte geskryf het.

Le bureau sur lequel il avait fait ses devoirs au collège.

Die lessenaar waarop hy sy huiswerk op hoërskool gedoen het.

Oui, il avait déjà eu ce bureau à l'école primaire.

Ja, hy het hierdie lessenaar reeds op laerskool gehad.

Il n'a vraiment pas eu le temps de vérifier leurs bonnes intentions.

Hy het regtig geen tyd gehad om hul goeie bedoelings te bevestig nie.

Bien qu'il ait presque oublié leur présence.

Alhoewel hy amper vergeet het dat hulle in elk geval daar was.

Parce qu'ils travaillaient en silence, épuisés.

Omdat hulle stil gewerk het, weens uitputting.

Ils étaient trop fatigués pour annoncer leurs mouvements maintenant.

Hulle was te moeg om nou hul bewegings aan te kondig.

Il n'entendait que leurs lourds pas sur le sol.
Al wat hy gehoor het, was hul swaar voetstappe op die vloer.
À ce moment précis, ils étaient appuyés contre la boîte.
Net op daardie oomblik het hulle teen die boks geleun.
Et c'est alors que Gregor est sorti de sous le canapé.
En toe kom Gregor onder die bank uit.
Il a changé de direction à quatre reprises.
Hy het die rigting waarin hy gehardloop het vier keer
verander.
Il n'arrivait pas à se décider quel objet sauver en premier.
Hy kon nie besluit watter item eerste gered moes word nie.
Soudain, son attention fut attirée par le mur vide.
Skielik is sy aandag getrek na die leë muur.
Ils ne lui avaient laissé que la photo de la dame en fourrure.
Al wat hulle vir hom oorgehad het, was die foto van die dame
in pels.
Il rampa jusqu'à la photo pour coller son corps contre le sien.
Hy het na die prent gekruip om sy lyf teen haar te druk.
Et son corps masquait complètement la vue de la photo.
En sy liggaam het die uitsig van die prent heeltemal bedek.
Le verre le soutenait et apaisait son ventre brûlant.
Die glas het hom regop gehou en sy warm maag getroos.
On ne pouvait plus lui enlever cette photo.
Hierdie foto kon nie meer van hom geneem word nie.
Puis il tourna la tête vers la porte du salon.
Toe draai hy sy kop na die sitkamerdeur.
Il allait les regarder retourner dans la pièce.
Hy sou kyk hoe die vroue na die kamer terugkeer.
Et ils ne se reposèrent pas longtemps avant de revenir.
En hulle het nie lank gerus voordat hulle weer teruggekom het
nie.
Grete avait le bras autour de sa mère pour l'aider à marcher.
Grete se arm was om haar ma om haar te help loop.
**« Que prenons-nous maintenant? » demanda Grete en
regardant autour d'elle.**
"Wat moet ons nou neem?" sê Grete en kyk rond.
À ce moment précis, son regard croisa celui de Gregor.

Net op daardie oomblik ontmoet haar blik Gregor se oë.
Malgré le choc, elle a gardé son sang-froid.
Ten spyte van die skok het sy haar teenwoordigheid van gees behou.
Probablement uniquement à cause de la présence de sa mère.
Waarskynlik net as gevolg van die teenwoordigheid van haar ma.
Elle pencha le visage vers sa mère, lui cachant la vue.
Sy het haar gesig na haar ma gebuig en haar uitsig bedek.
Et puis elle dit, d'une voix tremblante et sans réfléchir :
En toe sê sy, alhoewel bewerig en gedagteloos:
«Allez, on ne devrait pas retourner au salon?»
"Kom nou, moet ons nie teruggaan sitkamer toe nie?"
Gregor comprenait aisément les intentions de sa sœur.
Gregor kon die suster se bedoelings maklik verstaan.
Sa priorité absolue était de mettre sa mère en sécurité.
Haar eerste prioriteit was om haar ma in veiligheid te bring.
Mais ensuite, elle allait le poursuivre depuis le mur.
Maar toe wou sy hom van die muur af jaag.
« Eh bien, elle peut toujours essayer ! » pensa Gregor.
"Wel, sy kan beslis probeer!" het Gregor innerlik gedink.
Il s'assit fermement sur son tableau et ne le lâcha pas.
Hy het ferm op sy prentjie gebly en dit nie opgegee nie.
Il aurait préféré sauter au visage de sa sœur.
Hy sou liewer in die suster se gesig gespring het.
Mais les paroles de Grete avaient encore plus inquiété sa mère.
Maar Grete se woorde het haar ma nog meer bekommerd gemaak.
Elle s'écarta pour voir ce qu'on lui cachait.
Sy het eenkant toe gestap om te sien wat vir haar weggesteek word.
Et elle vit la tache brune sur le papier peint à fleurs.
En sy het die bruin vlek op die blommuurpapier gesien.
Et elle a crié avant même de réaliser que c'était Gregor.
En sy het geskree voordat sy selfs besef het dit was Gregor.

« Oh mon Dieu ! » hurla-t-elle en tendant les bras.

"O God," het sy geskree met haar arms uitgestrek.

Et elle s'est effondrée sur le canapé comme si elle avait renoncé.

En sy het op die rusbank neergeval asof sy moed opgegee het.

« Gregor ! » cria sa sœur en levant le poing.

"Gregor!" het die suster met 'n opgeligte vuis na hom geskree.

Et elle lui lança un regard long, dur et pénétrant.

En sy het hom 'n lang, harde en deurdringende kyk gegee.

C'était la première fois qu'elle lui parlait directement.

Dit was die eerste keer dat sy direk met hom gepraat het.

Elle a couru dans la pièce voisine pour aller chercher des sels d'ammoniaque.

Sy het na die volgende kamer gehardloop om reuksoute te kry.

Elle devait ramener sa mère à la conscience.

Sy moes haar ma weer tot bewussyn bring.

Gregor voulait aider, il pourrait sauvegarder la photo plus tard.

Gregor wou help, hy kon die prent later stoor.

Mais il s'était solidement collé à la vitre.

Maar hy het homself stewig op die glas vasgesit.

Il a donc dû s'arracher à ce point en utilisant beaucoup de force.

So moes hy homself met baie geweld wegskeur.

Il courut lui aussi dans la pièce voisine, où se trouvait sa sœur.

Hy het ook na die volgende kamer gehardloop, waar die suster was.

Autrefois, il aurait pu lui donner quelques conseils.

In die ou dae kon hy haar raad gegee het.

Mais à présent, il ne pouvait rien faire d'autre que rester là, impuissant, et regarder.

Maar nou kon hy niks anders doen as om ledig toe te kyk nie.

Elle fouilla dans le tiroir, ouvrant diverses bouteilles.

Sy het deur die laai gesoek en verskeie bottels oopgemaak.

Et il lui faisait encore peur quand elle se retournait.

En hy het haar steeds bang gemaak toe sy omdraai.
Une bouteille est tombée par terre, s'est cassée et a éclaté.
'n Bottel het op die vloer geval, gebreek en gesplinter.
Un éclat de verre a frappé Gregor au visage et l'a blessé.
'n Glassplinter het Gregor se gesig getref en hom beseer.
La bouteille contenait une sorte de liquide caustique.
Die bottel het een of ander bytende vloeistof bevat.
Et maintenant, le liquide corrosif brûlait le visage de Gregor.
En nou het die bytende vloeistof Gregor se gesig gebrand.
Sa sœur, cependant, n'avait pas de temps à consacrer à Gregor pour le moment.
Die suster het egter nou geen tyd vir Gregor gehad nie.
Elle ramassa autant de bouteilles qu'elle put.
Sy het soveel van die bottels as moontlik opgetel.
Et elle est retournée en courant vers sa mère avec les médicaments.
En sy het met die medisyne teruggehardloop na haar ma.
Elle claqua la porte du pied, empêchant Gregor d'entrer.
Sy het die deur met haar voet toegeslaan en Gregor buite gesluit.
Il était désormais coupé de sa mère, potentiellement mourante.
Hy was nou afgesny van sy potensieel sterwende moeder.
S'il ouvrait la porte, il chasserait sa sœur.
As hy die deur oopmaak, sou hy die suster wegjaag.
Mais bien sûr, elle devait rester pour s'occuper de sa mère.
Maar natuurlik moes sy bly om na die ma om te sien.
Il ne pouvait plus rien faire d'autre qu'attendre.
Daar was niks wat hy nou kon doen behalwe vir hulle te wag nie.
Rongé par les remords et l'anxiété, il se mit à ramper.
Geteister deur selfverwyt en angs, het hy begin kruip.
Il rampait partout : sur les murs, les meubles, le plafond.
Hy het oral rondgekruip; mure, meubels, die plafon.
Il avait l'impression que toute la pièce tournait autour de lui.
Hy het gevoel asof die hele kamer om hom draai.
Finalement, désespéré et pris de vertiges, il retomba.

Uiteindelik, in wanhoop en duiseligheid, het hy teruggeval.

Et il est tombé directement sur la grande table de la salle à manger.

En hy het reg bo-op die groot eetkamertafel geval.

Il resta allongé là un certain temps, engourdi et incapable de bouger.

Hy het 'n rukkie daar gelê, gevoelloos en nie in staat om te beweeg nie.

Il était épuisé par tout ce que cette journée lui avait apporté.

Hy was uitgeput van alles wat hierdie dag oor hom gebring het.

Le silence régnait partout, mais c'était peut-être bon signe.

Dit was stil oral, maar miskien was dit 'n goeie teken.

Puis, brisant le silence, la sonnette retentit à l'extérieur.

Toe, terwyl die stilte verbreek word, lui die deurklokkie buite.

La bonne, bien sûr, s'était enfermée dans sa cuisine.

Die bediende het haarself natuurlik in haar kombuis toegesluit.

La sœur était donc la seule à pouvoir ouvrir la porte.

So die suster was die enigste een wat die deur kon oopmaak.

« Que s'est-il passé? » fut la première question du père.

"Wat het gebeur?" was die eerste ding wat die pa gevra het.

L'apparence de Grete lui avait probablement tout dit.

Grete se voorkoms het hom waarskynlik alles vertel.

La voix de Grete devint étouffée et monotone tandis qu'elle parlait.

Grete se stem het gedemp en dof geword terwyl sy gepraat het.

Elle a dû enfouir son visage contre la poitrine de son père.

Sy moes haar gesig teen haar pa se bors gedruk het.

« Maman était inconsciente, mais elle va mieux maintenant. »

"Ma was bewusteloos, maar sy voel nou beter."

« Gregor s'est échappé », a-t-elle ajouté, ce à quoi il s'attendait.

"Gregor het ontsnap," het sy bygevoeg, wat hy verwag het.

« Je vous l'ai toujours dit, il allait s'échapper un jour. »

"Ek het jou nog altyd gesê hy gaan eendag ontsnap."

« Mais vous, les femmes, vous ne vouliez pas m'écouter, n'est-ce pas? »

"Maar julle vroue wou nie na my luister nie, nè?"

Gregor comprit rapidement comment son père verrait les choses.

Gregor het gou besef hoe sy pa dinge sou sien.

Il avait mal interprété le message trop bref de Grete.

Hy het Grete se oordrewe kort boodskap verkeerd geïnterpreteer.

Il supposa que Gregor avait commis un acte de violence.

Hy het aangeneem dat Gregor 'n daad van geweld gepleeg het.

Gregor devait trouver un moyen d'apaiser son père d'une manière ou d'une autre.

Gregor moes op een of ander manier 'n manier vind om sy pa te paai.

Parce qu'il n'avait pas le temps de lui expliquer les choses.

Omdat hy nie tyd gehad het om dinge aan hom te verduidelik nie.

Mais de toute façon, il n'aurait pas été capable d'expliquer les choses.

Maar hy sou in elk geval nie dinge kon verduidelik nie.

Il s'est donc enfui vers la porte et s'y est plaqué.

So het hy na die deur gevlug en homself daarteen gedruk.

Ainsi, son père pourrait le voir depuis l'antichambre.

Só kon sy pa hom van die voorkamer af sien.

Et il pourrait constater qu'il avait les meilleures intentions.

En hy sou kon sien dat hy die beste bedoelings gehad het.

Il n'était pas nécessaire de le repousser avec un balai.

Daar was geen nodigheid om hom met 'n besem terug te stoot nie.

Il aurait suffi que le père ouvre la porte.

Al wat die pa sou moes doen was om die deur oop te maak.

Mais il n'était pas d'humeur à remarquer de telles subtilités.

Maar hy was nie lus om sulke subtiliteite raak te sien nie.

« Te voilà ! » s'exclama-t-il dès qu'il entra.

"Daar is jy!" het hy uitgeroep sodra hy binnegekom het.

C'était comme s'il était à la fois en colère et heureux.

Dit was asof hy gelyktydig kwaad en bly was.

Il recula la tête et leva les yeux vers son père.

Hy het sy kop agteroor getrek en na die pa opgekyk.

Il n'avait pas imaginé son père debout là, dans cette position.

Hy het hom nie voorgestel dat sy pa so daar sou staan nie.

Mais ces derniers temps, il s'était trouvé une nouvelle distraction.

Maar hy het, in onlangse tye, 'n nuwe afleiding gevind.

Ramper occupait désormais une grande partie de sa journée.

Rondkruip het nou 'n groot deel van sy dag in beslag geneem.

Auparavant, il se tenait au courant de toutes les nouvelles dans l'appartement.

Voorheen het hy enige nuus in die woonstel dopgehou.

Mais ces derniers temps, il n'y avait pas prêté beaucoup d'attention.

Maar hy het die laaste tyd nie so baie aandag gegee nie.

Il aurait dû se préparer à faire face aux changements.

Hy moes voorbereid gewees het op veranderinge.

Pour autant, cet homme qui se tenait devant lui était-il encore son père?

Nietemin, was hierdie man voor hom steeds die vader?

Était-ce le même homme qui avait l'habitude de rester allongé, fatigué, dans son lit?

Was hy dieselfde man wat moeg in sy bed gelê het?

Alors que Gregor était déjà parti en voyage d'affaires.

Toe Gregor reeds op 'n sakereis gegaan het.

Était-ce le même homme qui le saluait le soir?

Was hy dieselfde man wat hom saans gegroet het?

Lorsqu'il était en robe de chambre, dans son fauteuil.

Toe hy in sy kamerjas in sy leunstoel was.

Était-ce le même homme qui n'avait pas pu se lever pour l'accueillir?

Was hy dieselfde man wat nie kon opstaan om hom te verwelkom nie?

Restant assis, il leva le bras en signe de joie.

So, terwyl hy bly sit, het hy sy arm opgelig as 'n teken van vreugde.

Était-ce le même homme avec qui il faisait parfois des promenades?

Was hy dieselfde man saam met wie hy af en toe gaan stap het?

Exceptionnellement : quelques dimanches par an, ou les jours fériés.

By seldsame geleenthede: 'n paar Sondae per jaar, of vakansiedae.

Était-ce le même homme qui marchait, enveloppé dans son pardessus?

Was hy dieselfde man wat geloop het, toegedraai in sy oorjas?

S'est-il lentement avancé, entre la mère et lui?

Het hy stadig vorentoe gewerk, tussen die moeder en hom?

Et ils marchaient déjà lentement à cause de lui.

En hulle het reeds stadig geloop as gevolg van hom.

Mais à présent, cet homme se tenait droit et fort.

Maar nou het hierdie man sterk en regop gestaan.

Il portait un uniforme bleu à boutons dorés.

Hy was geklee in 'n blou uniform met goue knope.

Les badges que portent les employés des institutions bancaires.

Knope wat die dienaars van die bankinstellings dra.

Au-dessus du col rigide, son double menton prononcé se dessinait.

Bo die stywe kraag het sy sterk dubbelken te voorskyn gekom.

Sous ses sourcils broussailleux, ses yeux noirs fixaient le vide.

Onder sy bosagtige wenkbroue het sy swart oë uitgekyk.

À présent, ses yeux paraissaient perçants, frais et alertes.

Nou het sy oë deurdringend, vars en waaksaam gelyk.

Les cheveux blancs, auparavant ébouriffés, étaient désormais peignés.

Die voorheen deurmekaar wit hare is afgekam.

Et ses cheveux étaient désormais coiffés d'une raie centrale méticuleuse.

En sy hare het nou 'n noukeurige middelskeiding gehad.
Il jeta son chapeau, orné d'un monogramme en or.
Hy het sy hoed gegooi, wat met 'n goue monogram
vasgemaak was.
**Il s'agissait probablement du monogramme de la banque
pour laquelle il travaillait.**
Dit was waarskynlik die monogram van die bank waarvoor
hy gewerk het.
Et le chapeau atterrit sur le canapé, pour être rangé plus tard.
En die hoed het op die bank geland, om later weggebêre te
word.
Il repoussa le bas de sa longue veste d'uniforme.
Hy het die onderkant van die lang uniformbaadjie
teruggedruk.
Et il mit ses pouces dans les poches de son pantalon.
En hy het sy duime in die sakke van sy broek gesteek.
Puis, le visage sombre, il s'avança vers Gregor.
En toe, met 'n grimmige gesig, stap hy na Gregor toe.
Il ne savait probablement même pas ce qu'il comptait faire.
Hy het waarskynlik nie eens geweet wat hy beplan het om te
doen nie.
Mais il leva néanmoins les pieds exceptionnellement haut.
Maar nietemin het hy sy voete ongewoon hoog gelig.
Gregor était stupéfait par la taille énorme de ses bottes.
Gregor was verbaas oor die enorme grootte van sy stewels.
**Mais il n'y avait vraiment pas le temps de s'extasier devant
ses chaussures.**
Maar daar was regtig geen tyd om oor sy skoene te verwonder
nie.
Le père avait opté pour une discipline très stricte.
Die vader het op baie streng dissipline besluit.
Seule la plus grande sévérité convenait à Gregor.
Slegs die grootste erns was gepas vir Gregor.
Il le savait dès le premier jour de sa transformation.
Hy het dit geweet van die eerste dag van sy transformasie af.
Il courut vers son père et s'arrêta quand celui-ci s'arrêta.
Hy het na sy pa gehardloop en gestop toe hy stop.

Il se précipita de nouveau vers lui lorsqu'il bougea à nouveau.

Hy het weer na hom toe geskarrel toe hy weer beweeg het.

Le père marqua une pause, et Gregor fit de même.

Die pa het 'n oomblik gepouseer, en Gregor ook.

Et il se précipita de nouveau en avant dès que son père eut bougé.

En hy het weer vorentoe gehardloop sodra sy pa beweeg het.

Ils firent ainsi plusieurs fois le tour de la pièce.

Op hierdie manier het hulle verskeie kere om die kamer gesirkel.

Aucun avantage décisif n'avait encore été obtenu par qui que ce soit.

Geen beslissende voordeel is nog deur enigiemand behaal nie.

On n'aurait pas pu avoir l'impression d'une poursuite.

'n Mens kon nie die indruk van 'n jaagtog gekry het nie.

Parce que tout l'événement se déroulait beaucoup trop lentement.

Omdat die hele gebeurtenis heeltemal te stadig plaasgevind het.

Gregor avait décidé de rester au sol.

Gregor het besluit hy gaan op die grond bly.

Il aurait pu courir le long des murs et du plafond.

Hy kon teen die mure en langs die plafon opgehardloop het.

Mais il ne voulait pas provoquer inutilement le père.

Maar hy wou die pa nie onnodig uitlok nie.

Une telle évasion aurait pu paraître particulièrement perverse.

So 'n ontsnapping kon dalk besonder boos gelyk het.

Gregor admit que cette poursuite ne pourrait pas durer beaucoup plus longtemps.

Gregor het erken dat hierdie jaagtog nie veel langer kon duur nie.

Chaque étape nécessitait une myriade de mouvements.

Elke stap moes met 'n magdom bewegings gepaardgaan.

Il commençait déjà à avoir le souffle court.

Hy het reeds begin om kortasem te voel.

Même avant cela, il n'avait jamais eu des poumons totalement fiables.

Selfs voorheen het hy nooit heeltemal betroubare longe gehad nie.

Il avançait en titubant, économisant ses forces pour la course.

Hy het gestruikel en sy sterk punte vir die hardloop gespaar.

Il était si fatigué qu'il avait du mal à garder les yeux ouverts.

Hy was so moeg dat hy skaars sy oë oop kon hou.

Ses pensées étaient devenues trop lentes pour qu'il puisse envisager d'autres solutions.

Sy gedagtes het te stadig geword om aan ander ontsnappings te dink.

Il avait presque oublié que les murs étaient à sa disposition.

Hy het amper vergeet dat die mure vir hom beskikbaar was.

Mais les murs étaient de toute façon dissimulés derrière des meubles.

Maar die mure was in elk geval agter meubels versteek.

Et les meubles avaient trop d'encoches et de saillies.

En die meubels het te veel kerwe en uitsteeksels gehad.

Et puis, juste à côté de lui, en roulant, il y avait une pomme.

En toe, reg langs hom, terwyl hy rol, was daar 'n appel.

Il réalisa que la pomme avait dû lui être lancée.

Die appel moes na hom gegooi gewees het, het hy besef.

Mais il n'eut pas le temps de réfléchir qu'une autre pomme arriva.

Maar hy het nie tyd gehad om te dink voordat nog 'n appel gekom het nie.

Gregor resta figé, sous le choc de la nouvelle stratégie de son père.

Gregor het geskok geskrik oor die pa se nuwe strategie.

Il ne pouvait plus rien gagner à essayer de fuir.

Hy kon niks meer kry deur te probeer hardloop nie.

Le père avait décidé de le bombarder de fruits.

Die pa het besluit om hom met vrugte te bombardeer.

Il avait rempli ses poches avec les fruits du bol de la cuisine.

Hy het sy sakke uit die kombuis se vrugtebak gevul.

Sans viser particulièrement, il lançait pomme après pomme.
Sonder om spesifiek te mik, het hy appel na appel gegooi.
Ces petites pommes rouges roulaient sur le sol.
Hierdie klein rooi appeltjies het op die grond rondgerol.
Comme électrifiées, les pommes se heurtèrent les unes aux autres.
Asof hulle geëlektrifiseer is, het die appels teen mekaar gebots.
Une des pommes, lancée mollement, a effleuré le dos de Gregor.
Een van die swak gegooide appels het Gregor se rug geskaaf.
Heureusement pour lui, la pomme a glissé sans le blesser.
Gelukkig vir hom het daardie appel skadeloos afgegly.
Cependant, la pomme lancée ensuite était plus précise.
Die appel wat daarna gegooi is, was egter meer akkuraat.
Et cette pomme s'est logée profondément dans le dos de Gregor.
En hierdie appel het homself diep in Gregor se rug vasgesit.
Gregor voulait s'éloigner de la douleur.
Gregor wou homself van die pyn wegsleep.
Peut-être pourrait-on échapper à cette nouvelle douleur inimaginable.
Miskien kon hierdie nuwe, ongelooflike pyn ontsnap word.
Un changement d'endroit pourrait peut-être soulager son supplice.
Miskien sou 'n verandering van ligging sy lyding verlig.
Mais il avait l'impression d'être cloué au sol.
Maar hy het gevoel asof hy teen die vloer vasgespyker is.
Il s'étira, mais seulement à cause de sa confusion.
Hy het homself uitgestrek, maar slegs as gevolg van sy verwarring.
Ce n'est qu'à son dernier regard qu'il vit la porte s'ouvrir.
Eers met sy laaste kyk het hy die deur sien oopgaan.
La mère s'est précipitée devant sa sœur qui hurlait.
Die ma het voor die gillende suster uitgehardloop.
Sa sœur l'avait déshabillée, elle était donc encore en chemise.
Die suster het haar uitgetrek, so sy was in haar hemp.

Elle avait besoin de respirer pendant son inconscience.

Sy het asemhalingsruimte in haar bewusteloosheid nodig gehad.

Il voyait encore la mère courir vers le père.

Hy het steeds gesien hoe die ma na die pa toe hardloop.

Ses jupes glissèrent au sol, l'une après l'autre.

Haar rompe het, een na die ander, op die grond gegly.

Il la vit s'approcher du père et trébucher sur sa jupe.

Hy het gesien hoe sy die pa nader kom en oor haar romp struikel.

L'enlaçant, elle demanda qu'on épargne la vie de Gregor.

Sy het hom omhels en gevra dat Gregor se lewe gespaar word.

En parfaite harmonie avec son corps, sa vue s'est éteinte.

In volkome eenheid met sy liggaam, het sy sig gefaal.

Troisième partie
Deel Drie

Gregor a souffert de cette grave blessure pendant plus d'un mois.
Gregor het die ernstige besering vir meer as 'n maand opgedoen.
La pomme restait incrustée ; personne n'osait l'enlever.
Die appel het ingebed gebly; niemand het dit gewaag om dit te verwyder nie.
La pomme restait plantée dans sa chair comme un rappel visible.
Die appel het as 'n sigbare herinnering in sy vlees gebly.
Mais la pomme servait aussi de rappel au père.
Maar die appel het ook as 'n herinnering vir die vader gedien.
Il comprit que Gregor ne devait pas être traité comme un ennemi.
Hy het besef Gregor moet nie soos 'n vyand behandel word nie.
Actuellement, son apparence pourrait être triste et repoussante.
Tans kan sy voorkoms hartseer en walglik wees.
Mais il restait néanmoins un membre de leur famille.
Maar nietemin, hy was steeds 'n lid van hulle familie.
Il a fallu accepter et tolérer cette réticence.
Die teësinnigheid moes gesluk en geduld word.
En raison de sa blessure, il risque fort de perdre sa mobilité à jamais.
As gevolg van sy wond kan sy mobiliteit vir altyd verlore wees.
Il continuait à ramper dans sa chambre, mais beaucoup plus lentement.
Hy het steeds in sy kamer rondgekruip, maar baie stadiger.
Ramper à une quelconque hauteur était hors de question.
Om op enige soort hoogte te kruip was buite die kwessie.
Mais Gregor a bien reçu une forme de compensation.

Maar Gregor het wel een of ander vorm van vergoeding
ontvang.
Le soir, la porte du salon lui fut ouverte.
In die aand is die sitkamerdeur vir hom oopgemaak.
**Et il estimait que ces réparations étaient tout à fait
adéquates.**
En hy het gevoel dat hierdie vergoeding heeltemal voldoende
was.
Avant le soir, il avait déjà commencé à surveiller la porte.
Voor die aand het hy reeds die deur begin dophou.
Il était allongé dans l'obscurité, invisible depuis le salon.
Hy het in die donkerte gelê, onsigbaar vanuit die sitkamer.
Il pouvait voir toute la famille à la table illuminée.
Hy kon die hele gesin aan die verligte tafel sien.
Il était désormais autorisé à écouter leurs conversations.
Hy is nou toegelaat om na hul gesprekke te luister.
C'était très différent de leur arrangement précédent.
Dit was heel anders as hul vorige reëling.
Les conversations animées d'autrefois étaient terminées.
Die lewendige gesprekke van vroeër tye was verby.
C'étaient ces conversations qu'il désirait tant.
Dit was die gesprekke waarna hy verlang het.
Lorsqu'il dormait seul dans de petites chambres d'hôtel.
Toe hy alleen in klein hotelkamers geslaap het.
Quand il a dû se jeter dans les draps humides.
Toe hy homself in die klam beddegoed moes gooi.
**Mais les soirées étaient désormais généralement calmes et
sans incident.**
Maar die aande was nou meestal stil en sonder enige
gebeurtenisse.
Le père s'est endormi dans son fauteuil après le dîner.
Die pa het na aandete in sy leunstoel aan die slaap geraak.
Et la mère et la sœur s'exhortaient mutuellement à se taire.
En die moeder en suster het mekaar aangespoor om stil te bly.
La mère, penchée très haut sur la lampe, cousait du lin.
Die moeder, ver oor die lig geleun, het linne gestik.

Elle confectionne maintenant des robes pour l'un des magasins de mode.

Sy het nou rokke vir een van die modewinkels gemaak.

Comme Gregor, sa sœur avait trouvé un emploi de vendeuse.

Soos Gregor, het die suster 'n werk as 'n verkoopsdame aanvaar.

Elle apprenait la sténographie et le français le soir.

Sy het saans snelskrif en Frans geleer.

Afin qu'elle puisse peut-être obtenir un meilleur poste plus tard.

Sodat sy dalk later 'n beter werksposisie kan kry.

Parfois, le père se réveillait de sa sieste du soir.

Soms het die pa uit sy aandslapies wakker geword.

« Chérie, tu as déjà cousu tellement longtemps aujourd'hui ! »

"Liefie, jy het vandag al so lank naaiwerk gedoen!"

Il semblait avoir oublié qu'il dormait.

Dit het gelyk asof hy vergeet het dat hy geslaap het.

Mais il retombait aussitôt dans son sommeil.

Maar hy het dadelik weer in sy slaap teruggeval.

Et la mère et la sœur s'échangèrent un sourire las.

En die moeder en suster het moeg vir mekaar geglimlag.

Le père avait développé une étrange nouvelle obstination.

Die pa het 'n vreemde nuwe koppigheid ontwikkel.

Même chez lui, il refusait d'enlever son uniforme de domestique.

Selfs tuis het hy geweier om sy bediende-uniform uit te trek.

Et son peignoir pendait inutilement sur le cintre.

En sy kamerjas het nutteloos aan die hanger gehang.

Le père dormit donc, tout habillé, dans son fauteuil.

So het die pa, volledig geklee, in sy leunstoel geslaap.

C'était comme s'il était toujours prêt à rendre service.

Dit was asof hy altyd gereed was om sy diens te doen.

Comme s'il attendait simplement la voix de son supérieur.

Asof hy net gewag het vir die stem van sy meerdere.

**Cela a eu pour conséquence que son uniforme a perdu sa
propreté.**
Dit het daartoe gelei dat sy uniform sy netheid verloor het.
Bien que l'uniforme ne fût pas neuf lorsqu'il l'a reçu.
Alhoewel die uniform ook nie nuut was toe hy dit gekry het
nie.
**Et la mère faisait de son mieux pour prendre soin de
l'uniforme.**
En die moeder het haar bes gedoen om na die uniform om te
sien.
**Gregor passait des soirées entières à contempler cet
uniforme.**
Gregor het hele aande na hierdie uniform gekyk.
Il observa le vieil homme dormir très mal.
Hy het gekyk hoe die ou man baie ongemaklik slaap.
**Mais dans son sommeil, il remarqua aussi quelque chose de
paisible.**
Maar in sy slaap het hy ook iets vreedsaams opgemerk.
**Lorsque l'horloge a sonné dix heures, la mère a essayé de le
réveiller.**
Toe die klok tien slaan, probeer die ma hom wakker maak.
Elle lui parla doucement et le persuada d'aller se coucher.
Sy het stil gepraat en hom oorreed om te gaan slaap.
**Parce que dormir sur un fauteuil, ce n'était pas du vrai
sommeil.**
Want om op die leunstoel te slaap was nie regte slaap nie.
Il allait devoir commencer à travailler à six heures.
Hy sou om sesuur moes begin werk.
Il avait donc vraiment besoin de dormir le mieux possible.
So hy moes regtig die beste moontlike slaap kry.
Mais il était pris d'une nouvelle forme d'obstination.
Maar hy was in die greep van 'n nuwe vorm van koppigheid.
**Le fait de devenir serviteur avait commencé à avoir cet effet
sur lui.**
Om 'n dienaar te word, het hierdie effek op hom begin hê.
Il insistait donc toujours pour rester plus longtemps à table.
So het hy altyd daarop aangedring om langer aan tafel te bly.

Bien qu'il se rendormît régulièrement dans son fauteuil.
Alhoewel hy gereeld weer in sy stoel aan die slaap geraak het.
Et il ne pouvait être déplacé qu'avec la plus grande difficulté.
En hy kon slegs met die grootste moeite beweeg word.
Il a fallu lui dire que ce lit lui conviendrait mieux.
Hy moes meegedeel word dat die bed beter vir hom sou wees.
La mère et la sœur ont dû insister, malgré quelques avertissements.
Ma en suster moes met klein waarskuwings aandring.
Pendant quinze minutes, il se contenta de secouer lentement la tête.
Vir vyftien minute het hy net stadig sy kop geskud.
Et il garda les yeux fermés et refusa de se lever.
En hy het sy oë toe gehou en geweier om op te staan.
La mère tira doucement, mais fermement, sur sa manche.
Die ma het aan sy mou getrek, saggies, maar ferm.
Et elle lui murmurait des mots flatteurs à l'oreille, encore fatiguée.
En sy het vleiende woorde in sy moeg ore gefluister.
La sœur a interrompu sa tâche pour aider sa mère.
Die suster het die taak waarmee sy besig was, verlaat om haar ma te help.
Mais aucun de leurs efforts n'a fonctionné sur le père.
Maar nie een van hulle pogings het op die vader gewerk nie.
Il s'enfonça encore plus profondément dans son fauteuil, prêt à dormir.
Hy het nog dieper in sy stoel gesink, gereed om te slaap.
Et finalement, les femmes l'ont attrapé sous les aisselles.
En uiteindelik het die vroue hom onder die oksels gegryp.
Il ouvrit les yeux et les regarda tour à tour.
Hy het sy oë oopgemaak en afwisselend na hulle gekyk.
« Quelle vie ! » se plaignit-il en allant se coucher.
"Wat 'n lewe is dit tog," het hy gekla terwyl hy gaan slaap het.
« Est-ce là la paix qui m'a été accordée dans ma vieillesse? »
"Is dit die vrede wat ek in my oudag gekry het?"

**Mais alors, s'appuyant sur les deux femmes, il se leva
maladroitement.**
Maar toe, terwyl hy op die twee vroue geleun het, het hy
ongemaklik opgestaan.
Il agissait comme s'il portait le fardeau le plus lourd.
Hy het opgetree asof hy die swaarste las dra.
Il laissa les deux femmes le conduire au fond de la pièce.
Hy het die twee vroue hom na die einde van die kamer laat
lei.
Là, il leur souhaita bonne nuit et poursuivit son chemin seul.
Daar het hy hulle naggesê en op sy eie voortgegaan.
Mais la mère jeta précipitamment son nécessaire à couture.
Maar die ma het haastig haar naaldwerkstel neergegooi.
Et la sœur posa elle aussi le stylo et le bloc-notes.
En die suster het ook die pen en die notaboek neergesit.
Et ils coururent derrière le père pour l'aider davantage.
En hulle het agter die pa aan gehardloop om hom verder te
help.
**Qui, dans cette famille surmenée, avait du temps à consacrer
à Gregor?**
Wie in hierdie oorwerkte gesin het enige tyd vir Gregor
gehad?
Qui aurait pu lui accorder plus d'attention que nécessaire?
Wie kon hom meer aandag as nodig gegee het?
Le budget des ménages est devenu de plus en plus restreint.
Die huishoudelike begroting het toenemend beperk geraak.
**Finalement, pour faire des économies, ils ont dû licencier la
bonne.**
Uiteindelik, om geld te spaar, moes hulle die bediende
ontslaan.
**Elle fut remplacée par une femme à la carrure imposante et
aux cheveux blancs.**
Sy is vervang met 'n dikbenige, witkopige vrou.
Mais cette femme ne venait que le matin et le soir.
Maar hierdie vrou het net soggens en saans gekom.
**Et tout le travail le plus lourd et le plus pénible lui avait été
réservé.**

En al die swaarste en hardste werk is vir haar gespaar.
Toutes les autres tâches ménagères étaient prises en charge par la mère.
Al die ander take is deur die moeder behartig.
Il est même arrivé que plusieurs bijoux de famille soient vendus.
Dit het selfs gebeur dat verskeie familiejuwele verkoop is.
Des bijoux que les femmes avaient portés avec joie lors des festivités.
Juweliersware wat die vroue met graagte tydens vieringe gedra het.
Gregor a appris cela lors d'une discussion générale.
Gregor het dit uit een van die algemene besprekings geleer.
Le principal grief, cependant, portait sur autre chose.
Die grootste klagte was egter iets anders.
L'appartement était trop grand, mais ils ne pouvaient pas déménager.
Die woonstel was te groot, maar hulle kon nie uittrek nie.
Il était impossible de déplacer Gregor.
Daar was geen manier waarop hulle Gregor kon hervestig het nie.
Mais Gregor comprit que ce n'était pas seulement une question de considération.
Maar Gregor het besef dat dit nie net oorweging was nie.
Quelque chose d'autre les a empêchés de déménager ailleurs.
Iets anders het hulle gekeer om êrens anders heen te trek.
Il aurait facilement pu être transporté dans une caisse appropriée.
Hy kon maklik in 'n geskikte boks vervoer gewees het.
Leur sentiment de désespoir total les a paralysés.
Hul gevoelens van algehele hopeloosheid het hulle teruggehou.
Ils ne voulaient pas admettre que le malheur les avait frappés.
Hulle wou nie erken dat ongeluk hulle getref het nie.
Ils ont accompli ce que le monde exige des pauvres.

Wat die wêreld van arm mense eis, het hulle vervul.

Le père a apporté le petit déjeuner au jeune employé de banque.

Die pa het ontbyt vir die klein bankklerk gehaal.

La mère s'est sacrifiée pour laver le linge d'inconnus.

Die moeder het haarself opgeoffer vir vreemdelinge se wasgoed.

La sœur faisait des allers-retours pour prendre les commandes des clients.

Die suster het heen en weer gehardloop vir die klante se bestellings.

Mais ils n'avaient tout simplement plus la force d'en faire plus.

Maar hulle het net nie die krag gehad om meer te doen nie.

La blessure dans le dos de Gregor commença à le faire encore plus souffrir.

Die wond in Gregor se rug het nog meer begin seermaak.

Chaque soir, la mère et la sœur amenaient le père au lit.

Elke aand het ma en suster die pa bed toe gebring.

Ils laissèrent leur travail où il était et s'assirent ensemble.

Hulle het hul werk gelos waar dit was, en saam gaan sit.

Ils se rapprochèrent et s'assirent joue contre joue.

En hulle het nader aan mekaar beweeg en wang teen wang gesit.

La mère désigna la pièce d'où il observait.

Die ma het na die kamer gewys van waar hy gekyk het.

« Pourriez-vous fermer la porte? » demanda-t-elle à sa sœur.

"Sal jy die deur toemaak," het sy die suster gevra.

Et Gregor se retrouva de nouveau seul dans le noir.

En toe is Gregor weer alleen in die donker gelaat.

Et dans la pièce voisine, la femme mêla leurs larmes.

En in die volgende kamer het die vrou hulle trane gemeng.

Ou bien ils restaient assis, les yeux secs, fixant simplement la table.

Of hulle het droë oë gesit en bloot na die tafel gestaar.

Gregor ne dormait pratiquement pas, ni la nuit ni le jour.

Gregor het skaars geslaap, nie nag of dag nie.

Il réfléchissait souvent à la façon dont il pourrait aider sa famille.
Hy het dikwels gedink oor hoe hy die gesin kon help.
Il songea à gagner à nouveau de l'argent pour eux.
Hy het daaraan gedink om weer die geld vir hulle te verdien.
Il songea à faire ce qu'il faisait autrefois pour eux.
Hy het daaraan gedink om te doen wat hy voorheen vir hulle gedoen het.
Le représentant autorisé lui revint dans ses pensées.
In sy gedagtes het die gemagtigde verteenwoordiger teruggekom.
Et cette fois, le patron est également venu à l'appartement.
En hierdie keer het die baas ook na die woonstel gekom.
Et les commis et les apprentis étaient là aussi.
En die klerke en die vakleerlinge was ook daar.
Même le domestique un peu simplet est venu le voir.
Selfs die stadiggesette kantoorbediende het hom kom sien.
Il y avait deux ou trois amis d'autres entreprises.
Daar was twee of drie vriende van ander besighede.
Une des femmes de chambre d'un hôtel de province.
Een van die kamermeisies van 'n hotel in die provinsies.
Un souvenir précieux et fugace auquel il s'efforçait de s'accrocher.
'n Dierbare en vlietende herinnering waaraan hy probeer vashou het.
Une caissière d'une chapellerie pour laquelle il avait des intentions.
'n Kassier van 'n hoedewinkel vir wie hy voornemens gehad het.
Mais il avait été un peu trop lent à obtenir son approbation.
Maar hy was effens te stadig om haar goedkeuring te wen.
Ils lui apparurent tous, mêlés à des inconnus.
Hulle het almal in sy gedagtes verskyn, gemeng met vreemdelinge.
Et d'autres n'apparurent pas ; ils étaient déjà oubliés.
En ander het nie verskyn nie; hulle was reeds vergete.
Mais ils ne l'ont pas aidé, ni lui, ni sa famille.

Maar hulle het hom nie gehelp nie, en hulle het ook nie die familie gehelp nie.

Ils étaient inaccessibles, et il était content quand ils sont partis.

Hulle was ontoeganklik, en hy was bly toe hulle weg is.

Il n'était pas toujours d'humeur à se soucier de sa famille.

Hy was nie altyd lus om oor die familie bekommerd te wees nie.

Et il était rempli de rage à cause de ce manque d'attention.

En hy was gevul met woede van die gebrek aan aandag.

Et il ne pouvait imaginer rien qui puisse lui faire envie.

En hy kon hom niks voorstel waarvoor hy lus was nie.

Mais il avait tout de même prévu de cambrioler le garde-manger.

Maar hy het steeds planne gemaak om in die spens in te breek.

Et il allait prendre tout ce qui lui était dû.

En hy sou alles neem wat hy verdien het.

Sa sœur ne faisait plus aucun effort particulier pour lui.

Die suster het nie meer enige spesiale moeite vir hom gedoen nie.

Elle ne consacrait plus de temps à chercher à lui plaire.

Sy het nie meer tyd daaraan bestee om daaraan te dink om hom tevrede te stel nie.

Avant d'aller travailler, elle a rapidement glissé de la nourriture dans la pièce.

Voor werk het sy vinnig kos in die kamer ingestoot.

Et le soir venu, elle a rapidement ramassé les restes.

En in die aand het sy die kos weer vinnig opgevee.

Elle ne faisait plus attention à savoir s'il avait mangé ou non.

Of hy geëet het of nie, het sy nie meer opgemerk nie.

Le plus souvent, la nourriture restait intacte.

Meer dikwels as nie nou is die kos onaangeraak gelaat.

Elle continuait de traverser la pièce rapidement le soir.

Sy het steeds saans vinnig deur die kamer gevee.

Mais maintenant, elle se contentait du strict minimum, aussi vite que possible.

Maar nou het sy die absolute minimum gedoen, so vinnig as moontlik.

Des traînées de saleté jonchaient les murs.

Strepe vuilgoed het langs die mure geloop.

Des boules de poussière et de détritus jonchaient le sol.

Bolle stof en rommel het op die vloer gelê.

Gregor manifesta son désapprobation face à son manque d'attention.

Gregor het sy afkeuring oor haar gebrek aan sorg getoon.

Il se tourna selon un angle particulièrement significatif.

Hy het homself teen 'n besonder beduidende hoek gedraai.

Mais il aurait pu rester à ce poste pendant des semaines.

Maar hy kon weke lank in die posisie gebly het.

Sa sœur n'aurait pas remarqué son mécontentement.

Sy suster sou nie sy ontevredenheid opgemerk het nie.

Elle voyait la saleté aussi bien que lui, voire mieux.

Sy het die vuiligheid net so goed soos hy gesien, indien nie beter nie.

Mais elle avait décidé de laisser la saleté où elle était.

Maar sy het besluit om die grond te los waar dit was.

À cette époque, elle a développé une sensibilité totalement nouvelle.

Destyds het sy 'n heeltemal nuwe sensitiwiteit aangeneem.

Elle s'était donné pour mission de nettoyer la chambre de Gregor.

Sy het die skoonmaak van Gregor se kamer haar verantwoordelikheid gemaak.

La famille a été touchée par sa gentillesse et sa prévenance.

Die familie was geraak deur haar vriendelike bedagsaamheid.

Une fois, sa mère avait nettoyé sa chambre de fond en comble.

Eenkeer het die ma sy kamer deeglik skoongemaak.

Ce n'est qu'après avoir utilisé plusieurs seaux d'eau qu'elle a réussi.

Eers nadat sy 'n paar emmers water gebruik het, het sy daarin geslaag.

Cependant, l'humidité nouvelle dans la pièce a nui à Gregor.

Die nuwe vog in die kamer het Gregor egter benadeel.

Et il gisait, étendu de tout son long, amer et immobile sur le canapé.

En hy het breed, bitter en bewegingloos op die bank gelê.

Mais ce n'était que sa première punition pour avoir aidé.

Maar dit was slegs haar eerste straf vir hulp.

La sœur remarqua rapidement le changement dans la chambre de Gregor.

Die suster het die verandering in Gregor se kamer vinnig opgemerk.

Et elle s'est précipitée dans le salon, extrêmement insultée.

En sy het die sitkamer binnegehardloop, uiters beledig.

Sa mère leva les mains et tenta de la supplier.

Haar ma het haar hande opgesteek en probeer om haar te smeek.

Mais malgré une explication sincère, elle a éclaté en sanglots.

Maar ten spyte van 'n opregte verduideliking, het sy in trane uitgebars.

Le père, bien sûr, sursauta et se leva de sa chaise.

Die pa het natuurlik uit sy stoel geskrik.

Et les deux parents regardaient, stupéfaits et impuissants.

En die twee ouers het verbaas en hulpeloos toegekyk.

Et finalement, leurs émotions s'agitèrent elles aussi.

En uiteindelik het hul emosies ook opgewonde geraak.

Le père a reproché à la mère ce qu'elle avait fait.

Die pa het die ma verwyt oor wat sy gedoen het.

« Tu aurais dû laisser la chambre à Grete pour qu'elle la nettoie. »

"Jy moes die kamer vir Grete gelos het om skoon te maak."

Grete a crié sur sa mère parce qu'elle avait nettoyé sa chambre.

Grete het na die ma geskree omdat sy sy kamer skoongemaak het.

«Tu n'as plus jamais le droit de nettoyer sa chambre !»

"Jy mag nooit weer sy kamer skoonmaak nie!"

La mère a essayé d'entraîner le père dans la chambre.

Die ma het probeer om die pa die slaapkamer in te sleep.

La sœur resta seule dans la pièce, tremblante et sanglotant.

Die suster is in die kamer agtergelaat, bewerig en huilend.

Et elle frappa la table avec ses petits poings.

En sy het met haar klein vuisies op die tafel geslaan.

Et Gregor siffla bruyamment de colère contre eux tous.

En Gregor het hardop in woede na hulle almal gesis.

Pourquoi personne n'avait-il pensé à lui fermer la porte?

Waarom het niemand daaraan gedink om die deur vir hom toe te maak nie?

Ils auraient pu lui épargner ce spectacle et ce bruit.

Hulle kon hom hierdie gesig en geraas gespaar het.

Sa sœur était épuisée après être rentrée du travail.

Die suster was uitgeput nadat sy van die werk af huis toe gekom het.

Et s'occuper de Gregor représentait encore plus de travail pour elle.

En om vir Gregor te sorg was selfs meer werk vir haar.

Mais cela ne signifie pas que la mère aurait dû le faire.

Maar dit het nie beteken dat die ma dit moes gedoen het nie.

Gregor, en revanche, ne doit pas être négligé.

Gregor, aan die ander kant, moet nie verwaarloos word nie.

Mais maintenant, ils avaient une nouvelle bonne qui pouvait faire ce genre de choses.

Maar nou het hulle 'n nuwe bediende gehad wat sulke dinge kon doen.

Une veuve âgée à la charpente osseuse robuste.

'n Bejaarde weduwee met 'n robuuste beenstruktuur.

Une stature qui l'a aidée à survivre à sa vie difficile.

'n Stigting wat haar gehelp het om haar moeilike lewe te oorleef.

L'apparence de Gregor ne lui déplaisait pas vraiment.

Sy het geen werklike afkeer van Gregor se voorkoms gehad nie.

Elle avait ouvert la porte de la chambre de Gregor par inadvertance.

Sy het per ongeluk die deur na Gregor se kamer oopgemaak.

Ce n'était pas par curiosité particulière à propos de la pièce.
Dit was nie uit enige besondere nuuskierigheid oor die kamer nie.
Elle faisait simplement son travail et a ouvert la porte par hasard.
Sy het net haar werk gedoen, en toevallig die deur oopgemaak.
Gregor, bien sûr, fut complètement surpris par elle.
Gregor was natuurlik heeltemal verbaas deur haar.
Il n'était pas poursuivi, mais il courait d'avant en arrière.
Hy is nie gejaag nie, maar hy het heen en weer gehardloop.
Elle croisa simplement les bras et le regarda ramper.
En sy het net haar arms gevou en hom dopgehou terwyl hy kruip.
Depuis lors, elle lui entrouvrait toujours un peu la porte.
Sedertdien het sy altyd die deur 'n bietjie vir hom oopgemaak.
Un matin, elle a jeté un coup d'œil pour voir comment il allait.
Eenkeer in die oggend het sy ingekyk om te sien hoe dit met hom gaan.
Et le soir, elle est allée prendre de ses nouvelles avant de partir.
En in die aand het sy hom besoek, voordat sy vertrek het.
Au début, elle a aussi essayé de l'appeler pour qu'il vienne la rejoindre.
Aanvanklik het sy ook probeer om hom te roep om na haar toe te kom.
« Viens par ici, vieux bousier ! » disait-elle.
"Kom hiernatoe, ou miskruier!" het sy altyd gesê.
Ou bien elle disait, amicalement : « Regardez ce vieux bousier ! »
Of sy het vriendelik gesê: "Kyk na die ou miskruier!"
Gregor n'a jamais réagi lorsqu'on lui parlait de cette façon.
Gregor het nooit gereageer toe hy so aangespreek is nie.
Il resta là, immobile, et l'ignora.
Hy het daar gebly, sonder om te beweeg, en haar geïgnoreer.

« Si seulement on lui avait expliqué comment faire correctement son travail. »

"As sy maar net vertel was hoe om haar werk behoorlik te doen."

«Au lieu de me déranger, elle devrait nettoyer ma chambre.»

"In plaas daarvan om my te pla, moet sy my kamer skoonmaak."

Tôt le matin, une forte pluie a frappé les fenêtres.

Eenkeer vroeg in die oggend het 'n swaar reën teen die vensters getref.

Peut-être la pluie était-elle déjà un signe du printemps à venir.

Miskien was die reën reeds 'n teken van die komende lente.

La bonne recommença à lui parler de cette façon.

Die diensmeisie het weer eens so met hom begin praat.

Gregor était tellement amer qu'il se tourna vers elle.

Gregor was so verbitterd dat hy omgedraai het om haar in die gesig te staar.

Il était lent et infirme, mais c'était une sorte d'attaque.

Hy was stadig en swak, maar dit was soort van 'n aanval.

La bonne, en revanche, n'avait absolument pas peur de Gregor.

Die diensmeisie was egter glad nie bang vir Gregor nie.

Au lieu de cela, elle souleva une chaise qui se trouvait près de la porte.

In plaas daarvan het sy 'n stoel opgetel wat naby die deur was.

Et elle resta là, calmement, la bouche grande ouverte.

En sy het daar gestaan, kalm, met haar mond wyd oop.

Ses intentions étaient claires, même Gregor pouvait le voir.

Haar bedoelings was duidelik, selfs Gregor kon dit sien.

Et il se retourna lentement pour reprendre sa position initiale.

En hy het stadig omgedraai na sy oorspronklike posisie.

« Donc vous ne voulez pas vous approcher davantage, n'est-ce pas? »

"So jy wil dan nie nader kom nie, nè?"

Et elle remit discrètement la chaise dans le coin.

En sy het die stoel stilweg terug in die hoek gesit.

Gregor ne mangeait presque plus rien.
Gregor het skaars meer enigiets geëet.
Parfois, lors de ses promenades dans la pièce, il s'arrêtait.
Soms, terwyl hy deur die kamer stap, het hy stilgehou.
Et il se retrouva à côté du repas qui lui avait été préparé.
En hy het homself langs die kos bevind wat vir hom voorberei is.
Il mit la nourriture dans sa bouche, mais seulement pour jouer avec.
Hy het die kos in sy mond gesit, maar net om daarmee te speel.
Et bien souvent, il le recrachait quelques heures plus tard.
En heel dikwels het hy dit na 'n paar uur weer uitgespoeg.
Il essaya de trouver une raison à son manque d'appétit.
Hy het probeer om 'n rede vir sy gebrek aan eetlus te vind.
Peut-être parce qu'il était triste de l'état de sa chambre.
Miskien omdat hy hartseer was oor die toestand van sy kamer.
Mais il s'était fait à l'idée des changements survenus dans la pièce.
Maar hy het vrede gemaak met die veranderinge in die kamer.
Récemment, sa chambre était devenue une sorte de débarras.
Onlangs het sy kamer 'n soort stoorkamer geword.
Ils avaient pris l'habitude de laisser des choses là.
Hulle het die gewoonte ontwikkel om goed daar te los.
Et il restait maintenant beaucoup de choses de ce genre dans sa chambre.
En daar was nou baie sulke dinge in sy kamer oor.
Parce qu'une chambre de l'appartement avait été louée.
Omdat een kamer van die woonstel verhuur was.
Trois messieurs sérieux louaient la chambre ensemble.
Drie ernstige here het die kamer saam gehuur.
Gregor les avait aperçus un jour à travers une fente dans la porte.
Gregor het hulle eenkeer deur 'n kraak in die deur opgemerk.

Ils portaient des barbes fournies et étaient habillés avec un soin méticuleux.
Hulle het vol baarde gehad en was noukeurig geklee.
Ils étaient scrupuleux quant à la propreté des lieux.
Hulle was nougeset om alles netjies te hou.
Leur obsession pour la propreté ne s'arrêtait pas à leur chambre.
Hul aandrang op netheid het nie by hul kamer opgehou nie.
L'appartement entier devait être maintenu d'une propreté impeccable.
Die hele woonstel moes perfek skoon gehou word.
Ils étaient encore plus pointilleux sur l'apparence de la cuisine.
Hulle was selfs meer kieskeurig oor hoe die kombuis lyk.
Et ils ne supportaient aucun encombrement inutile.
En hulle kon geen onnodige rommel verdra nie.
Ils avaient également apporté leurs propres meubles.
Hulle het ook hul eie meubels saamgebring.
C'est pourquoi beaucoup de choses étaient devenues superflues.
Om hierdie rede het baie dinge oorbodig geword.
C'étaient des choses pour lesquelles personne n'aurait payé.
Dit was dinge waarvoor niemand geld sou betaal nie.
Mais la famille ne voulait pas non plus se débarrasser de ces objets.
Maar die familie wou ook nie van hierdie goed ontslae raak nie.
Tous ces objets ont fini quelque part dans la chambre de Gregor.
Al hierdie goed het êrens in Gregor se kamer gegaan.
Le cendrier de la cuisine se trouvait désormais dans sa chambre.
Die asboks uit die kombuis is nou in sy kamer gehou.
Et les ordures étaient entreposées dans sa chambre jusqu'au jour de la collecte.
En die vullis is in sy kamer gehou tot vullisdag.

La bonne a jeté dans sa chambre tout ce dont elle n'avait pas besoin.

Die bediende het enigiets wat sy nie nodig gehad het nie in sy kamer gegooi.

Heureusement, il n'a vu que la main et l'objet.

Gelukkig het hy niks meer as die hand en die voorwerp gesien nie.

Elle comptait probablement revenir chercher les affaires plus tard.

Sy het waarskynlik bedoel om later terug te kom vir die goed.

Ou peut-être voulait-elle tout jeter d'un coup.

Of miskien wou sy alles in een slag weggooi.

Cependant, tout est resté là où il s'était initialement posé.

Alles het egter gebly waar dit aanvanklik geland het.

À moins que Gregor n'ait déplacé les débris en se faufilant à travers.

Tensy Gregor die rommel geskuif het deur daardeur te wriuel.

Au début, il a été obligé de ramper à travers tous les détritus.

Aanvanklik was hy gedwing om deur al die rommel te kruip.

Il lui était impossible d'éviter cela.

Daar was geen moontlikheid vir hom om dit te vermy nie.

Mais plus tard, il a finalement trouvé du plaisir dans cette activité.

Maar later het hy eintlik plesier in hierdie aktiwiteit gevind.

Bien que ces efforts l'aient laissé triste et profondément fatigué.

Alhoewel sulke poging hom hartseer en diep moeg gelaat het.

Et ensuite, il est resté incapable de bouger pendant de nombreuses heures.

En daarna kon hy vir baie ure nie beweeg nie.

Les locataires prenaient parfois leurs repas dans le salon.

Die loseerders het soms hul ete in die sitkamer geëet.

La porte du salon restait fermée ces soirs-là.

Die sitkamerdeur het daardie aande toe gebly.

Mais Gregor n'avait aucune difficulté à ne pas ouvrir la porte à présent.

Maar Gregor het geen moeite gehad om nie nou die deur oop te maak nie.

Même lorsque la porte était ouverte, il ne regardait pas toujours dehors.

Selfs wanneer die deur oop was, het hy nie altyd uitgekyk nie.

Mais il s'allongea dans le coin le plus sombre de la pièce.

Maar hy het homself in die donkerste hoek van die kamer gaan lê.

La famille n'a pas non plus remarqué son manque d'attention.

Die familie het ook nie sy gebrek aan aandag opgemerk nie.

Mais une fois, la bonne a laissé la porte ouverte.

Maar daar was een keer dat die bediende die deur oopgelaat het.

La porte est restée ouverte même au retour des locataires.

Die deur het oopgebly selfs toe die loseerders teruggekeer het.

Et la porte était ouverte quand la lumière a été allumée.

En die deur was oop toe die lig aangeskakel is.

L'homme était assis à la table où la famille dînait.

Die man het aan die tafel gesit waar die gesin aandete geëet het.

Autrefois, père, mère et Gregor étaient assis là.

Vader, moeder en Gregor het daar in vroeër tye gesit.

Ils déplièrent les serviettes et prirent des couteaux et des fourchettes.

Hulle het die servette oopgevou en messe en vurke geneem.

La mère apparut sur le seuil avec un bol de viande.

Die ma het in die deuropening verskyn met 'n bak vleis.

Puis sa sœur est entrée avec un bol plein de pommes de terre.

Toe kom die suster in met 'n bak vol aartappels.

Les locataires se penchèrent sur les bols placés devant eux.

Die loseerders het oor die bakke gebuk wat voor hulle geplaas is.

L'épaisse fumée des aliments leur montait jusqu'au nez.

Die swaar rook van die kos het tot by hulle neuse gestoom.

Mais ils n'avaient pas encore décidé s'ils allaient manger.

Maar hulle het nog nie besluit of hulle die kos sou eet nie.

Peut-être renverraient-ils le plat en cuisine.

Miskien sou hulle die kos terug na die kombuis stuur.

L'homme assis au milieu semblait être l'autorité.

Die man wat in die middel gesit het, het gelyk of hy die gesag was.

Il a coupé la viande pour déterminer si elle était suffisamment tendre.

Hy het die vleis gesny om te bepaal of dit sag genoeg was.

Il était satisfait de l'odeur et de l'apparence des aliments.

Hy was tevrede met hoe die kos geruik en gelyk het.

La mère et la sœur les observaient avec anxiété.

Die ma en suster het hulle angstig dopgehou.

Et ils commencèrent à sourire, poussant un soupir de soulagement accumulé.

En hulle het begin glimlag met 'n sug van opgeboude verligting.

La famille allait elle-même manger dans la cuisine.

Die gesin self sou in die kombuis eet.

Mais avant cela, le père alla voir comment allaient les locataires.

Maar eers het die pa gaan kyk hoe dit met die loseerders gaan.

Il s'inclina une fois, tenant sa casquette de travail à la main.

Hy het een keer gebuig, terwyl hy sy werkpet in sy hand gehou het.

Et il fit le tour de la table, saluant chaque invité.

En hy het 'n sirkel om die tafel geloop, na elke gas toe

Les locataires se levèrent tous en marmonnant dans leur barbe.

Die loseerders het almal opgestaan en in hul baarde gemompel.

Après son départ, ils mangèrent dans un silence presque complet.

Nadat hy weg is, het hulle in byna algehele stilte geëet.

Gregor trouvait étrange d'entendre des bruits de mastication.

Dit het vir Gregor vreemd gelyk dat hy kou kon hoor.

Aucun autre aspect du repas ne semblait produire le moindre son.

Geen ander aspek van eet het enige geluid gemaak nie.

Mais il pouvait distinctement entendre des dents grincer.

Maar hy kon duidelik hoor hoe die tande teen mekaar kners.

Ils semblaient lui dire qu'il avait besoin de dents pour manger.

Dit het gelyk asof hulle vir hom sê hy het tande nodig om te eet.

« On ne peut rien faire si on n'a plus de dents dans la mâchoire. »

"Jy kan niks doen as jou kake tandloos is nie."

« J'aimerais manger quelque chose », dit Gregor avec anxiété.

"Ek wil graag iets eet," sê Gregor angstig.

« Mais je n'ai aucun appétit pour ce que vous mangez tous. »

"Maar ek het geen lus vir wat julle almal eet nie."

« Regardez ces locataires manger, et moi je meurs de faim. »

"Kyk hoe hierdie loseerders eet, en hier is ek besig om honger te sterf."

Ce soir-là, Gregor pensait justement au violon.

Gregor het daardie aand toevallig aan die viool gedink.

Il n'avait plus entendu le violon depuis la transformation.

Hy het sedert die transformasie nie die viool gehoor nie.

Mais ce soir-là, un bruit est venu de la cuisine.

Maar toe, vanaand, kom daar 'n geluid uit die kombuis.

Les messieurs avaient déjà terminé leur repas du soir.

Die here het reeds hul aandete klaargemaak.

L'homme du milieu avait commencé à lire un journal.

Die middelste heer het begin om 'n koerant te lees.

Il avait donné une feuille à chacun des deux autres messieurs.

Hy het vir die ander twee here elk 'n laken gegee.

Et maintenant, ils étaient affalés en arrière, en train de lire et de fumer.

En nou het hulle agteroor geleun en gelees en gerook.

Lorsque le violon commença à jouer, ils devinrent attentifs.

Toe die viool begin speel, het hulle aandagtig geword.

Ils se levèrent et marchèrent sur la pointe des pieds jusqu'à la porte de l'antichambre.

Hulle het opgestaan en op hul tone na die voorkamerdeur geloop.

Ils se tenaient là, blottis les uns contre les autres, écoutant à la porte.

Hier het hulle saamgedrom en by die deur geluister.

La famille a dû entendre les hommes qui étaient dans la cuisine.

Die familie moes die mans van in die kombuis gehoor het.

Car le père les appela et leur demanda :

Omdat die vader na hulle geroep en hulle gevra het;

«Le violon ne serait-il pas inconfortable pour ces messieurs?»

"Is die viool dalk ongemaklik vir die here?"

« Si la musique ne vous plaît pas, on peut s'arrêter immédiatement. »

"As jy nie van die musiek hou nie, kan ons dadelik ophou."

« Au contraire », dit celui du milieu des messieurs.

"Inteendeel," het die middelste van die here gesê.

« La jeune fille aimerait-elle jouer du violon dans notre chambre? »

"Wil die jong dame graag viool in ons kamer speel?"

« C'est nettement plus confortable et chaleureux ici. »

"Dit is beslis baie meer gemaklik en knus hier."

Le père répondit comme s'il était lui-même le violoniste.

Die pa het geantwoord asof hy self die violis was.

« Oh, je vous en prie, ce serait merveilleux », s'écria le père.

"Ag asseblief, dit sou wonderlik wees," het die pa uitgeroep.

Les messieurs retournèrent au salon et attendirent.

Die here het na die sitkamer teruggekeer en gewag.

Peu après, le père entra dans la pièce avec le pupitre.

Gou het die pa met die musiekstaander die kamer binnegekom.

La mère entra dans la pièce avec le livre de musique.

Die ma het met die musiekboek die kamer binnegekom.

Et la sœur entra dans la pièce avec le violon.
En die suster het met die viool die kamer binnegekom.
Elle a calmement tout préparé pour jouer du violon.
Sy het kalm alles voorberei om viool te speel.
Les parents exagéraient leur politesse et leurs bonnes manières.
Die ouers het hul beleefdheid en maniere oordryf.
Ils n'avaient jamais loué de chambres à des locataires auparavant.
Hulle het nog nooit tevore kamers aan loseerders verhuur nie.
Et ils n'osaient même pas s'asseoir sur leurs propres chaises.
En hulle het nie eens gewaag om op hul eie stoele te sit nie.
Au lieu de s'asseoir, le père s'appuya contre la porte.
In plaas van om te sit, het die pa teen die deur geleun.
Sa main droite était coincée entre deux boutons de son manteau.
Sy regterhand was tussen twee knope van sy jas.
Un monsieur a toutefois offert une chaise à la mère.
Die moeder is egter deur 'n heer 'n stoel aangebied.
Mais elle s'assit là où le monsieur avait placé la chaise.
Maar sy het gesit waar die heer die stoel neergesit het.
Et il n'avait pas placé la chaise à un endroit précis.
En hy het die stoel nêrens spesifiek geplaas nie.
La mère s'assit donc à l'écart de tout le monde, dans un coin.
So het die moeder apart van almal in 'n hoekie gesit.
Et finalement, la sœur s'est mise à jouer du violon.
En uiteindelik het die suster begin viool speel.
Les parents, placés de part et d'autre, suivaient attentivement.
Die ouers, aan teenoorgestelde kante, het noukeurig aandag gegee.
Et ils observaient attentivement chacun des mouvements de sa main.
En hulle het elke beweging van haar hand noukeurig dopgehou.
Gregor était également attiré par le jeu du violon.
Gregor was ook aangetrokke deur die speel van die viool.

Et il s'aventura un peu plus loin hors de sa chambre.

En hy het 'n entjie verder uit sy kamer gewaag.

Il avait déjà la tête dans le salon.

Hy was reeds met sy kop binne-in die sitkamer.

Il était très fier d'être très attentionné.

Hy was baie trots daarop om baie bedagsaam te wees.

Mais récemment, il ne remettait guère en question son manque d'attention.

Maar onlangs het hy skaars sy gebrek aan sorg bevraagteken.

Même s'il avait maintenant plus de raisons de se cacher qu'auparavant.

Al het hy nou meer rede gehad om weg te kruip as voorheen.

Parce que sa chambre était recouverte de poussière et de saletés diverses.

Omdat sy kamer bedek was met stof en verskillende vuiligheid.

Le moindre mouvement soulevait toutes sortes d'immondices.

Die geringste beweging het allerhande vuiligheid opgewaai.

Toute cette saleté lui collait à la peau : poussière, cheveux, restes de nourriture.

Al hierdie vuiligheid het aan hom vasgeklou; stof, hare, kos het oorgebly.

Il aurait pu frotter la saleté contre le tapis.

Hy kon die vuilgoed teen die mat afgevryf het.

C'était quelque chose qu'il faisait plusieurs fois par jour.

Dit was iets wat hy verskeie kere per dag gedoen het.

Mais son indifférence à tout était bien trop grande.

Maar sy onverskilligheid teenoor alles was veel te groot.

Il n'avait donc pas peur d'aller un peu plus loin.

Hy was dus nie bang om 'n bietjie verder vorentoe te beweeg nie.

Et il s'est installé sur le sol impeccable du salon.

En hy het na die sitkamer se onberispelike vloer beweeg.

Cependant, personne ne l'a remarqué, ni ne lui a prêté attention.

Niemand het hom egter opgemerk of aandag aan hom geskenk nie.

La famille était complètement absorbée par le concert.

Die familie was heeltemal verdiep in die konsert.

Les messieurs, quant à eux, ont d'abord battu en retraite.

Die here, aan die ander kant, het aanvanklik teruggetrek.

Et ils se tenaient tout près, derrière le pupitre de la sœur.

En hulle het dig agter die suster se musiekstaander gestaan.

S'ils avaient regardé, ils auraient pu voir les notes de musique.

As hulle gekyk het, kon hulle die musieknote gesien het.

Cela aurait évidemment perturbé la sœur.

Dit sou natuurlik die suster ontstel het.

Alors, au lieu de s'asseoir, ils restèrent debout près de la fenêtre.

Toe het hulle by die venster gestaan, eerder as om te sit.

Les mains dans les poches, ils continuaient à parler.

Met hulle hande in hulle sakke het hulle aanhou praat.

Ils restèrent là tandis que le père les observait avec anxiété.

Hulle het daar gebly terwyl die pa angstig toegekyk het.

On avait l'impression qu'ils avaient d'autres attentes.

'n Mens het die indruk gekry dat hulle ander verwagtinge gehad het.

Et il semblait vraiment qu'ils avaient été déçus.

En dit het regtig gelyk asof hulle teleurgesteld was.

Il semblait qu'ils en avaient assez du spectacle.

Dit het gelyk asof hulle genoeg van die prestasie gehad het.

Ils avaient laissé le violon troubler leur tranquillité.

Hulle het toegelaat dat die viool hulle rus versteur.

Et ils ne toléraient la musique que par politesse.

En hulle het die musiek slegs uit beleefdheid geduld.

La façon dont ils ont dissipé la fumée était particulièrement troublante.

Hoe hulle die rook weggewaai het, was veral ontstellend.

Et pourtant, elle jouait du violon avec une telle beauté.

En tog het sy so pragtig viool gespeel.

Son visage était légèrement incliné sur le côté, sur le violon.

Haar gesig was saggies na die kant gekantel, op die viool.

Son regard parcourait tristement les lignes de la musique.

Haar oë het hartseer langs die musieklyne gesoek.

Gregor se sentait un peu plus attiré par le salon.

Gregor het 'n bietjie meer die sitkamer ingetrek gevoel.

Il gardait la tête près du sol, mais regardait vers le haut.

Hy het sy kop naby die grond gehou, maar opwaarts gekyk.

Peut-être que de cette façon, le regard de sa sœur croiserait le sien.

Miskien sal sy suster se blik só sy oë ontmoet.

Peut-on vraiment dire qu'il n'était qu'un animal?

Kan daar werklik gesê word dat hy net 'n dier was?

Était-il un animal si la musique pouvait le captiver à ce point?

Was hy 'n dier as musiek hom so kon boei?

Il avait l'impression qu'on lui montrait un chemin vers une nourriture inconnue.

Hy het gevoel asof hy 'n pad na onbekende voeding gewys is.

C'était peut-être là le réconfort qui lui manquait.

Miskien was dít die voeding wat hy kortgekom het.

Il était déterminé à rejoindre sa sœur.

Hy was vasbeslote om sy pad na sy suster te vind.

Il avait envie de tirer sur sa jupe pour attirer son attention.

Hy wou aan haar rok trek om haar aandag te trek.

Il voulait lui faire comprendre qu'il l'invitait.

Hy wou haar 'n aanduiding gee van 'n uitnodiging.

« Viens jouer du violon dans ma chambre », aurait-il voulu dire.

"Kom speel viool in my kamer," wou hy sê.

Il souhaitait qu'elle soit récompensée pour sa magnifique musique.

Hy wou hê sy moes beloon word vir haar pragtige musiek.

« Personne ici ne te récompense pour jouer du violon. »

"Niemand hier beloon jou vir die speel van die viool nie."

Il ne voulait plus la laisser sortir de sa chambre.

Hy wou haar nie meer uit sy kamer laat nie.

Il voulait qu'elle reste avec lui aussi longtemps qu'il vivrait.

Hy wou hê sy moes so lank as wat hy leef by hom bly.
Pour la première fois, sa transformation eut un avantage.
Vir die eerste keer het sy transformasie 'n voordeel gehad.
Sa difformité allait enfin lui être utile.
Sy misvorming sou uiteindelik vir hom nuttig word.
Il voulait être présent simultanément aux quatre portes.
Hy wou gelyktydig by al vier deure wees.
Il avait envie de les siffler et de leur cracher dessus de tous les côtés.
Hy wou van alle kante af sis en na hulle spoeg.
Sa sœur ne devrait pas être forcée de rester avec lui.
Sy suster moenie gedwing word om by hom te bly nie.
Il voulait qu'elle choisisse volontairement de rester avec lui.
Hy wou hê sy moes vrywillig kies om by hom te bly.
Elle allait s'asseoir à côté de lui et se pencher vers lui.
Sy wou langs hom sit en na hom toe leun.
Et il allait lui parler de l'école de musique.
En hy wou haar van die musiekskool vertel.
Il avait la ferme intention de l'envoyer à l'académie.
Hy het die vaste voorneme gehad om haar na die akademie te stuur.
Il en aurait parlé à tout le monde à Noël dernier.
Hy sou almal hiervan verlede Kersfees vertel het.
Noël était-il déjà passé?
Het Kersfees werklik al weer gekom en gegaan?
Et il n'aurait laissé personne le dissuader.
En hy sou nie toegelaat het dat enigiemand hom daarvan afskrik nie.
Mais un accident malheureux a tout arrêté.
Maar toe het die ongelukkige ongeluk alles tot stilstand gebring.
La sœur aurait été submergée par l'émotion.
Die suster sou oorweldig gewees het deur emosie.
Et Gregor aurait alors grimpé jusqu'à son épaule.
En dan sou Gregor tot op haar skouer geklim het.
Et il l'aurait réconfortée en l'embrassant dans le cou.
En hy sou haar getroos het deur haar nek te soen.

« Monsieur Samsa ! » appela l'homme au milieu au père.

"Meneer Samsa!" het die man in die middel na die pa geroep.

Il pointait Gregor du doigt.

Hy het met sy wysvinger na Gregor gewys.

Gregor traversait lentement le salon.

Gregor het stadig oor die sitkamervloer beweeg.

Le jeu du violon s'est très vite tu.

Die vioolspel het baie vinnig stil geword.

Celui du milieu sourit à ses amis.

Die middelste van die drie mans het vir sy vriende geglimlag.

Puis il secoua la tête et regarda Gregor.

Toe skud hy sy kop en kyk terug na Gregor.

Le père aurait pu forcer Gregor à retourner dans sa chambre.

Die pa kon Gregor terug na sy kamer gedwing het.

**Mais ce n'était pas la première action qu'il décida
d'entreprendre.**

Maar dit was nie die eerste aksie waarop hy besluit het nie.

Il estimait qu'il était plus important de calmer ces messieurs.

Hy het gedink dit was belangriker om die here te kalmeer.

Bien qu'ils ne fussent pas vraiment contrariés par Gregor.

Alhoewel hulle glad nie regtig ontsteld was deur Gregor nie.

Gregor semblait plus divertissant que le jeu de violon.

Gregor het meer vermaaklik gelyk as die vioolspel.

Il s'est précipité vers eux, les bras tendus.

Hy het met uitgestrekte arms na hulle toe gehardloop.

Il faisait de son mieux pour leur cacher la vue de Gregor.

Hy het sy bes probeer om hulle siening van Gregor te bedek.

Et il a essayé de les faire retourner dans leur chambre.

En hy het probeer om hulle terug in hul kamer aan te moedig.

Au contraire, cela les a un peu agacés.

As enigiets, het dit hulle eintlik 'n bietjie geïrriteerd gemaak.

Mais il était difficile de dire exactement ce qui les agaçait.

Maar dit was moeilik om te sê presies wat hulle gepla het.

Le père gâchait le divertissement de la soirée.

Die pa het die vermaak van die aand bederf.

**Mais ils venaient aussi d'apprendre l'existence de leur
nouveau colocataire.**

Maar hulle het ook pas van hul nuwe woonstelmaat gehoor.

Ils levèrent les mains comme l'avait fait leur père.

Hulle het hulle hande opgesteek net soos die pa gedoen het.

Ils ont exigé une explication immédiate du père.

Hulle het 'n onmiddellike verduideliking van die pa geëis.

Ils tiraient nerveusement sur leur barbe, cherchant une réponse.

Hulle het rusteloos aan hul baarde getrek vir 'n antwoord.

Et ils reculèrent jusqu'à leur chambre, mais très lentement.

En hulle het agteruit na hul kamer beweeg, maar baie stadig.

L'interruption avait plongé la sœur dans une sorte de transe.

Die onderbreking het die suster in 'n beswyming gebring.

Elle laissa pendre le violon et l'archet le long de son corps.

Sy het die viool en die strykstok langs haar sye laat hang.

Et elle regarda la partition comme si elle jouait encore.

En sy het na die bladmusiek gekyk asof sy nog speel.

Mais soudain, elle est revenue dans la pièce.

Maar toe trek sy haarself skielik terug die kamer in.

Et elle avait désormais surmonté le sentiment d'être perdue.

En sy het nou die gevoel van verlorenheid oorkom.

Elle a posé l'instrument de musique sur les genoux de sa mère.

Sy het die musiekinstrument op haar ma se skoot neergesit.

La mère était assise sur la chaise, respirant bruyamment.

Die ma het in die stoel gesit en swaar asemgehaal.

Et puis la sœur a dû courir dans la pièce voisine.

En toe moes die suster na die volgende kamer hardloop.

Elle devait tout préparer pour les messieurs.

Sy moes alles gereed kry vir die here.

Elle a jeté les couvertures et les coussins en l'air.

Sy het die komberse en kussings in die lug opgegooi.

Et de ses mains expertes, elle a disposé toute la literie.

En met haar vaardige hande het sy al die beddegoed gerangskik.

Elle avait terminé avant que les messieurs n'atteignent la pièce.

Sy was klaar voordat die here die kamer bereik het.

Et elle s'est éclipsée avant de les gêner.
En sy het uitgeglip voordat sy in hulle pad gekom het.
Le père semblait prisonnier de son propre entêtement.
Dit het gelyk of die pa deur sy eie koppigheid in die greep
was.
Et il oublia ainsi tout le respect qu'il devait à ses locataires.
En so het hy al die respek vergeet wat hy aan sy huurders
verskuldig was.
**Il a insisté sans relâche jusqu'à ce que leur porte-parole s'y
oppose.**
Hy het gedruk en gedruk totdat hul woordvoerder beswaar
gemaak het.
Il a tapé du pied avec colère en arrivant à la porte.
Hy het woedend met sy voet gestamp toe hy by die deur kom.
Et c'est ainsi qu'il immobilisa le père.
En daardeur het hy die vader tot stilstand gebring.
**« Par la présente, je déclare », commença-t-il en s'adressant à
son propriétaire.**
"Ek verklaar hiermee," het hy sy huisheer begin aanspreek.
Et il leva la main, regardant toute la famille.
En hy het sy hand opgesteek en na die hele familie gekyk.
« En ce qui concerne l'état répugnant de la chambre ; »
"Met betrekking tot die walglike toestande van die kamer;"
Et il s'assurait que tous écoutaient ses paroles.
En hy het seker gemaak dat almal na sy woorde luister.
**« Par la présente, je vous informe que je vais libérer ma
chambre. »**
"Ek gee hiermee kennis dat ek my kamer sal ontruim."
Et il a appuyé son propos en crachant par terre.
En hy het sy punt verder gemaak deur op die grond te spoeg.
«Je ne paierai pas non plus pour les jours que j'ai passés ici.»
"Ek sal ook nie betaal vir die dae wat ek hier gewoon het nie."
**Il n'était cependant pas entièrement satisfait de ce
remboursement.**
Hy was egter nie heeltemal tevrede met hierdie terugbetaling
nie.

« Et j'envisagerai de formuler d'autres demandes à votre encontre. »

"En ek sal oorweeg om ander eise teen jou te stel."

« Croyez-moi, de telles demandes seront très faciles à justifier. »

"Glo my, sulke eise sal baie maklik wees om te regverdig."

Il resta silencieux et regarda droit devant lui, vers son père.

Hy was stil en het reguit vorentoe na die pa gekyk.

Il semblait s'attendre à ce qu'il se passe quelque chose de plus.

Hy het gelyk of hy verwag het dat iets meer sou gebeur.

En fait, ses deux amis ont immédiatement eu la même idée.

Trouens, sy twee vriende het dadelik dieselfde idee gehad.

« Nous annulons également nos réservations de chambres », ont-ils déclaré à l'unisson.

"Ons kanselleer ook ons kamers," het hulle in koor gesê.

Il a alors saisi la poignée de la porte et l'a fermée.

Toe gryp hy die deurhandvatsel en maak die deur toe.

Et dans un grand fracas, ils s'enfermèrent dans leur chambre.

En met 'n harde slag het hulle hulself in hul kamer toegesluit.

Le père s'est dirigé en titubant vers sa chaise, les mains tâtonnantes.

Die pa het met tasende hande na sy stoel gestruikel.

Et il se laissa tomber sur la chaise, vaincu.

En hy het homself verslaan in die stoel laat val.

On aurait dit qu'il allait faire sa sieste habituelle du soir.

Dit het gelyk asof hy sy gewone aandslapie gaan doen.

Mais sa tête hocha presque comme si elle n'était pas soutenue.

Maar sy kop het geknik amper asof dit nie ondersteun word nie.

Et on pouvait voir qu'il ne dormait pas du tout.

En dit kon gesien word dat hy glad nie geslaap het nie.

Durant tout ce temps, Gregor n'avait pas bougé de sa place.

Deur dit alles het Gregor nie van sy plek af beweeg nie.

Il était toujours là où les messieurs l'avaient aperçu pour la première fois.

Hy was steeds waar die here hom die eerste keer gesien het.

Même s'il avait voulu déménager, il trouvait cela impossible.

Selfs al wou hy trek, het hy dit onmoontlik gevind.

À cause de sa déception, ou à cause de sa faim.

As gevolg van sy teleurstelling, of as gevolg van sy honger.

Il était déçu par l'échec de son plan.

Hy was teleurgesteld oor die mislukking van sy plan.

Et il était affaibli par la faim persistante qu'il ressentait.

En hy was swak van die langdurige honger wat hy gevoel het.

Il était certain que tout le monde se retournerait contre lui à tout moment.

Hy was seker almal sou enige oomblik teen hom draai.

C'est avec cette certitude d'un effondrement imminent qu'il attendit.

Met hierdie verwagting van dreigende ineenstorting het hy gewag.

Le violon commença à glisser des genoux de sa mère.

Die viool het van die ma se skoot begin afgly.

Dans un fracas retentissant, le violon tomba au sol.

Met 'n dawerende geluid het die viool op die grond geval.

Mais même ce bruit soudain et fracassant ne l'a pas surpris.

Maar selfs hierdie skielike gekraakgeluid het hom nie laat skrik nie.

« Chers parents, dit la sœur, cela ne peut pas continuer. »

"Liewe ouers," het die suster gesê, "dit kan nie aangaan nie."

Et elle a frappé du poing sur la table pour appuyer ses propos.

En sy het haar hand op die tafel geslaan om haar punt te maak.

« Je ne prononcerai pas le nom de mon frère devant ce monstre. »

"Ek sal nie my broer se naam voor hierdie monster sê nie."

« C'est pourquoi je le dis aussi crûment que possible : »

"Daarom sê ek dit so botweg as moontlik:"

«Nous n'avons pas d'autre choix que de nous débarrasser de cet animal.»

"Ons het geen ander keuse as om van hierdie dier ontslae te
raak nie."

**« Nous avons fait de notre mieux pour tolérer et prendre
soin de cet animal. »**

"Ons het ons bes gedoen om hierdie dier te verdra en te
versorg."

**« Je ne pense pas que quiconque puisse nous blâmer, même
légèrement. »**

"Ek dink nie enigiemand kan ons enigsins blameer nie."

« Elle a mille fois raison », a acquiescé le père.

"Sy is duisend keer reg," het die pa saamgestem.

La mère n'avait pas encore complètement repris son souffle.

Die ma het nog nie heeltemal haar asem herwin nie.

**Elle se mit à tousser sourdement dans sa main, la respiration
lourde.**

Sy het dof in haar hand begin hoes en swaar asemgehaal.

**Et une expression de folie commença à apparaître dans ses
yeux.**

En 'n waansinnige uitdrukking het in haar oë begin verskyn.

La sœur s'est précipitée vers sa mère et lui a pris le front.

Die suster het na haar ma gehardloop en haar voorkop
vasgehou.

Les paroles de la sœur semblaient inspirer le père.

Dit het gelyk of die pa deur die suster se woorde geïnspireer
was.

Et ses pensées semblaient plus claires qu'auparavant.

En sy gedagtes het duideliker gelyk as voorheen.

Il cessa d'acquiescer et se redressa.

Hy het opgehou om sy kop te knik en weer regop gesit.

**Et il jouait avec la casquette de son serviteur, plongé dans
ses pensées.**

En hy het met sy dienaar se pet gespeel, diep in gedagte.

Les assiettes des locataires étaient encore sur la table.

Die borde van die huurders was steeds op die tafel.

Et il regardait parfois vers Gregor, qui restait silencieux.

En hy het soms na die stil Gregor gekyk.

« Nous devons essayer de nous en débarrasser », lui dit sa sœur.

"Ons moet probeer om daarvan ontslae te raak," het die suster vir hom gesê.

La mère était trop occupée à tousser pour écouter.

Die moeder was te besig met hoes om te luister.

« Ça va vous tuer tous les deux, je le vois déjà venir. »

"Dit sal julle albei doodmaak, ek kan dit reeds sien kom."

«Nous ne pouvons pas tous continuer à travailler aussi dur que nous le faisons.»

"Ons kan nie almal so hard aanhou werk soos ons doen nie."

« Et chaque jour, nous devons rentrer chez nous et subir ce supplice. »

"En elke dag moet ons huis toe kom na hierdie marteling."

« Nous n'en pouvons plus. Je n'en peux plus. »

"Ons kan dit nie meer verduur nie. Ek kan dit nie meer verduur nie."

Elle s'est effondrée dans les bras de sa mère, en larmes une dernière fois.

Sy het in 'n laaste uitbarsting van trane voor haar ma neergeval.

Les larmes coulèrent sur son visage et sur celui de sa mère.

Die trane het oor haar gesig en op haar ma s'n gerol.

Et elle essuya ses larmes d'un geste machinal.

En sy het die trane in 'n meganiese beweging afgevee.

« Mon enfant », dit le père d'une voix compatissante.

"My kind," het die pa met 'n deernisvolle stem gesê.

Il y avait une profonde sympathie et une grande compréhension dans sa voix.

Daar was diep simpatie en begrip in sy stem.

« Mais que devons-nous faire? » avoua-t-il ne pas savoir.

"Maar wat moet ons doen?" het hy erken dat hy nie weet nie.

La sœur haussa simplement les épaules, impuissante.

Die suster het net haar skouers in hulpeloosheid opgetrek.

Et sa confiance d'antan fit de nouveau place aux larmes.

En haar vroeëre selfvertroue is weer deur trane vervang.

« Si seulement il nous comprenait », dit le père à voix haute.

"As hy ons maar net verstaan het," het die pa hardop gesê.

Et il se demandait à moitié si Gregor avait compris.

En hy het half gewonder of Gregor dit dalk verstaan het.

La sœur lui a secoué la main violemment en pleurant.

Die suster het net haar hand hewig geskud terwyl sy gehuil het.

Elle a donc indiqué qu'il ne fallait pas envisager cette idée.

En so het sy aangedui dat daar nie aan die idee gedink moet word nie.

« Mais si seulement il nous comprenait », répéta le père.

"Maar as hy ons net verstaan het," het die pa herhaal.

Les yeux fermés, il réfléchit à la réponse de sa sœur.

Deur sy oë toe te maak, het hy die suster se antwoord oorweeg.

« S'il comprenait qu'un accord pouvait être conclu avec lui. »

"As hy verstaan het, kan 'n ooreenkoms met hom gesluit word."

« Mais vu la situation actuelle… »

"Maar aangesien dinge is soos hulle is..."

«Il faut l'enlever,» s'écria la sœur, «c'est la seule solution.»

"Dit moet gaan," het die suster uitgeroep, "dis die enigste manier."

«Il faut vous débarrasser de l'idée que c'est Gregor.»

"Jy moet ontslae raak van die gedagte dat dit Gregor is."

« Notre véritable malheur, c'est d'y avoir cru si longtemps. »

"Dat ons dit so lank geglo het, is ons ware ongeluk."

« Mais comment est-ce possible que ce soit Gregor? » demanda-t-elle à son père.

"Maar hoe kan dit Gregor wees?" het sy haar pa gevra.

« Il savait qu'un tel animal ne pouvait pas coexister avec les humains. »

"Hy het geweet so 'n dier kan nie met mense saamleef nie."

« Gregor nous aurait quittés depuis longtemps, volontairement. »

"Gregor sou ons lankal vrywillig verlaat het."

« C'est vrai, nous n'aurions alors plus de frère. »

"Dis waar, dan sou ons geen broer hê nie."

« Mais nous pourrions continuer à vivre et à honorer sa mémoire. »

"Maar ons kan voortgaan om te leef en sy nagedagtenis te eer."

« Mais cette bête nous poursuit et chasse nos locataires. »

"Maar hierdie dier agtervolg ons en dryf ons huurders weg."

« De toute évidence, il veut s'emparer de tout l'appartement. »

"Dit wil klaarblyklik die hele woonstel oorneem."

« Cette bête veut nous faire dormir dans la rue. »

"Hierdie dier wil ons in die straat laat slaap."

« Regarde, papa, » s'écria-t-elle soudain, « il bouge à nouveau ! »

"Kyk, pa," het sy skielik uitgeroep, "hy beweeg weer!"

Et elle fit quelque chose que même Gregor ne put comprendre.

En sy het iets gedoen wat selfs Gregor nie kon verstaan nie.

Elle se repoussa, comme pour sacrifier sa mère.

Sy het haarself weggestoot, asof sy die moeder opoffer.

Et elle a couru derrière son père pour trouver une sorte de sécurité.

En sy het agter haar pa gehardloop vir 'n soort veiligheid.

Le père n'était agité que parce que sa fille l'était.

Die pa was net ontsteld omdat sy dogter was.

Mais lui aussi se leva et leva les bras au-dessus d'elle.

Maar toe het hy ook opgestaan, en sy arms oor haar gelig.

Mais Gregor n'avait aucune intention d'effrayer qui que ce soit.

Maar Gregor het geen voorneme gehad om enigiemand bang te maak nie.

Il n'avait surtout aucune intention d'effrayer sa sœur.

Hy het veral geen gedagtes gehad om sy suster bang te maak nie.

Il essayait simplement de faire demi-tour pour retourner dans sa chambre.

Hy het net probeer om terug te draai na sy kamer.

Mais, compte tenu de l'aggravation de son état, même cela devenait difficile.

Maar in sy verslegtende toestand was selfs dit moeilik.

Et il ne pouvait plus se servir pleinement de ses jambes.

En hy het nie meer die volle gebruik van al sy bene gehad nie.

Il utilisa donc sa tête pour soulever son corps et se retourner.

So het hy sy kop gebruik om sy lyf op te lig en homself te draai.

Il marqua une pause et chercha l'approbation de sa famille du regard.

Hy het stilgehou en rondgekyk vir die familie se goedkeuring.

Il semble que sa bonne intention ait été reconnue.

Sy goeie bedoeling blyk erken te gewees het.

Son mouvement ne leur avait procuré qu'un choc momentané.

Sy beweging was slegs 'n oombliklike skok vir hulle.

À présent, ils le regardaient tous en silence, visiblement malheureux.

Nou het hulle almal in ongelukkige stilte na hom gekyk.

La mère était toujours allongée dans le fauteuil, épuisée.

Die ma het nog steeds uitgeput in die leunstoel gelê.

Le père et la sœur étaient assis l'un à côté de l'autre.

Die pa en suster het langs mekaar gesit.

« Peut-être qu'ils me laisseront faire demi-tour maintenant », pensa Gregor.

"Miskien sal hulle my nou laat omdraai," het Gregor gedink.

Et il continua à effectuer son mouvement de rotation maladroit.

En hy het voortgegaan om sy ongemaklike draaibeweging te maak.

Il ne pouvait réprimer les halètements occasionnels dus à l'effort.

Hy kon die af en toe asemteue van inspanning nie onderdruk nie.

Et il a été contraint de se reposer à plusieurs reprises entre-temps.

En hy was gedwing om 'n paar keer tussenin te rus.

Plus personne ne le pressait ; c'était à lui de décider.

Niemand het hom nou laat jaag nie; dit was aan hom oorgelaat.

Finalement, il acheva ce virage lent et douloureux.

Uiteindelik het hy die stadige en pynlike draai voltooi.

Il se dirigea aussitôt vers sa chambre.

Hy het dadelik begin om reguit terug na sy kamer te stap.

Il était stupéfait de la distance qui le séparait de sa chambre.

Hy was verbaas oor hoe ver hy van sy kamer af was.

Comment, malgré sa faiblesse, avait-il réussi à y parvenir auparavant?

Hoe, ten spyte van sy swakheid, het hy voorheen daar gekom?

Il avait emprunté presque le même chemin sans s'en apercevoir.

Hy het amper dieselfde pad gereis sonder om dit agter te kom.

Il se concentrait simplement sur le fait de ramper aussi vite qu'il le pouvait.

Hy het net gekonsentreer om so vinnig as moontlik te kruip.

L'absence de commentaires ne le dérangeait pas.

Die gebrek aan kommentaar van enigiemand het hom nie gepla nie.

Ce n'est que lorsqu'il fut déjà à l'intérieur qu'il tourna la tête.

Eers toe hy reeds in die deur was, het hy sy kop gedraai.

Mais il n'a pas pu se retourner complètement.

Maar hy kon nie omdraai om heeltemal terug te kyk nie.

Car il sentit sa nuque se raidir encore davantage en se tournant.

Want hy het gevoel hoe sy nek nog styfder word toe hy omdraai.

Mais il constata que rien n'avait changé derrière lui.

Maar hy het gesien dat niks agter hom in elk geval verander het nie.

La seule différence, c'est que sa sœur s'était levée.

Die enigste verskil was dat sy suster opgestaan het.

Son dernier regard lui montra que sa mère s'était endormie.

Sy laaste blik het gewys dat sy ma aan die slaap geraak het.

Dès qu'il fut entré dans sa chambre, la porte fut fermée.

Sodra hy in sy kamer was, is die deur toegemaak.
Et dès que la porte fut fermée, le verrouilla.
En sodra die deur toegemaak is, is die wapen gesluit.
Gregor fut effrayé par le bruit inattendu derrière lui.
Gregor was bang vir die onverwagte geraas agter hom.
Et ses jambes fléchirent sous lui, surprises par la soudaineté.
En sy bene het onder hom geknak van die skielike verbasing.
C'est sa sœur qui s'était précipitée vers la porte derrière lui.
Dit was die suster wat agter hom na die deur gehardloop het.
Elle s'était déjà dressée, et l'attendait.
Sy het reeds daar regop gestaan en vir hom gewag.
Elle fit alors un petit saut en avant sans que Gregor ne l'entende.
Sy het toe liggies vorentoe gespring sonder dat Gregor haar hoor.
« Enfin ! » s'écria-t-elle en tournant la clé.
"Uiteindelik!" roep sy hardop terwyl sy die sleutel draai.
« Et maintenant? » se demanda Gregor, seul dans l'obscurité.
"Wat nou," het Gregor homself gevra, alleen in die donker.
Il s'aperçut bientôt qu'il ne pouvait plus bouger du tout.
Hy het gou ontdek dat hy glad nie meer kon beweeg nie.
Mais son immobilité ne le surprenait pas vraiment.
Maar hy was nie regtig verbaas oor sy onbeweeglikheid nie.
Pouvoir se déplacer sur des jambes aussi fines semblait ridicule.
Om op sulke dun bene te kan beweeg, het belaglik gelyk.
Il ne savait pas comment il avait pu y parvenir.
Hy het nie geweet hoe hy dit ooit kon doen nie.
Mais à part ça, il se sentait relativement à l'aise.
Maar afgesien daarvan het hy relatief gemaklik gevoel.
Il est vrai qu'il ressentait une douleur intense dans tout le corps.
Dit is waar dat hy diep pyn deur sy hele liggaam gevoel het.
Mais la douleur semblait s'atténuer de plus en plus.
Maar die pyn het gelyk of dit al hoe swakker en swakker geword het.

Et il avait l'impression que la douleur finirait par disparaître.
En hy het gevoel asof die pyn uiteindelik sou verdwyn.
Il sentait à peine la pomme pourrie dans son dos.
Hy het skaars meer die vrot appel in sy rug gevoel.
Il repensa à sa famille avec émotion et amour.
Hy het met emosie en liefde aan sy familie teruggedink.
Il ressentait les émotions de sa sœur encore plus intensément qu'elle.
Hy het sy suster se emosies selfs meer gevoel as sy.
Elle avait raison ; il devait partir.
Sy was reg met wat sy gesê het; hy moes weggaan.
Il passa quelque temps dans cet état désert et paisible.
Hy het 'n rukkie in hierdie leë en vreedsame toestand deurgebring.
L'horloge sonna trois fois, doucement mais fermement.
Die klok het drie keer geslaan, saggies, maar ferm.
Gregor fut doucement tiré de ses pensées.
Gregor is saggies uit sy gedagtes getrek.
Il regarda la lumière du matin pénétrer lentement dans sa chambre.
Hy het gekyk hoe die oggendlig stadig sy kamer binnekom.
Puis sa tête s'affaissa complètement, malgré lui.
Toe het sy kop heeltemal ineengesak, sonder sy wil.
Et son dernier souffle s'échappa faiblement de ses narines.
En sy laaste asem het swak uit sy neusgate gevloei.

La femme de chambre est entrée dans sa chambre tôt le matin.
Die bediende het vroegoggend sy kamer binnegekom.
Elle n'a rien trouvé d'inhabituel lors de sa courte visite habituelle.
Sy het niks ongewoons gevind tydens haar gewone kort besoek nie.
À bout de forces et dans la précipitation, elle claqua toutes les portes.
Uit krag en haastigheid het sy al die deure toegeslaan.

Il était impossible de dormir paisiblement dans tout l'appartement.
Geen rustige slaap was in die hele woonstel moontlik nie.
On lui avait demandé d'éviter de faire cela le matin.
Sy is gevra om dit nie in die oggend te doen nie.
Elle pensait qu'il restait allongé là, immobile, exprès.
Sy het gedink hy lê daar so bewegingloos met opset.
Peut-être voulait-il lui montrer qu'il était offensé.
Miskien wou hy haar wys dat hy aanstoot geneem het.
Elle lui faisait confiance et pensait qu'il était doté d'une intelligence hors du commun.
Sy het hom vertrou dat hy allerhande intelligensie sou hê.
Il se trouve qu'elle tenait le long balai à la main.
Sy het toevallig die lang besem in haar hand gehou.
Alors, depuis la porte, elle essaya de chatouiller un peu Gregor.
So, van die deur af, het sy probeer om Gregor 'n bietjie te kielie.
Elle était un peu agacée qu'il ne réponde pas du tout.
Sy was effens geïrriteerd dat hy glad nie gereageer het nie.
Alors cette fois, elle le poussa un peu plus fermement.
So het sy hom hierdie keer 'n bietjie stewiger gedruk.
Comme il n'opposait aucune résistance, elle l'examina de plus près.
Toe hy geen weerstand toon nie, het sy hom van nader bekyk.
Elle comprit rapidement ce qui était réellement arrivé à Gregor.
Sy het gou besef wat werklik met Gregor gebeur het.
Elle ouvrit davantage les yeux et siffla pour elle-même.
Sy het haar oë wyd oopgemaak en vir haarself gefluit.
Mais elle n'a pas tardé à ouvrir la porte.
Maar sy het nie veel tyd gemors voordat sy die deur oopgemaak het nie.
Et elle cria d'une voix forte dans l'obscurité :
En sy het met 'n harde stem in die donkerte uitgeroep:
«Viens voir, il est là, complètement mort.»
"Kom kyk gerus, daar lê dit, heeltemal dood."

Les deux parents étaient assis bien droits dans leur lit conjugal.
Die twee ouers het regop in hul huweliksbed gesit.
Il leur fallait d'abord surmonter le choc du bruit.
Eers moes hulle die skok van die geraas oorkom.
Mais peu à peu, ils ont commencé à comprendre son message.
Maar toe het hulle stadig maar seker haar boodskap begin begryp.
Monsieur et Madame Samsa ont chacun sauté de leur côté du lit.
Mnr. en mev. Samsa het elkeen uit hul kant van die bed gespring.
M. Samsa jeta l'épaisse couverture sur ses épaules.
Mnr. Samsa het die dik kombers oor sy skouers gegooi.
Et Mme Samsa sortit vêtue uniquement de sa chemise de nuit.
En mev. Samsa het uitgekom in niks anders as haar nagrok nie.
C'est ainsi qu'ils entrèrent dans la chambre de Gregor.
En so het hulle Gregor se kamer binnegekom.
Entre-temps, la porte du salon s'était également ouverte.
Intussen het die deur na die sitkamer ook oopgegaan.
Grete y dormait depuis l'emménagement des locataires.
Grete het daar geslaap vandat die huurders ingetrek het.
Elle était entièrement habillée comme si elle n'avait pas dormi du tout.
Sy was volledig aangetrek asof sy glad nie geslaap het nie.
Son visage pâle semblait également témoigner de son manque de sommeil.
Haar bleek gesig het ook haar gebrek aan slaap bewys.
« Il est mort? » demanda Mme Samsa en regardant la bonne.
"Is hy dood?" vra mev. Samsa terwyl sy na die bediende kyk.
Elle aurait pu le confirmer en le regardant elle-même.
Sy kon dit bevestig het deur self na hom te kyk.
« Je le crois », dit la bonne en ramassant le balai.
"Ek dink so," sê die bediende terwyl sy die besem optel.

Et elle a poussé son corps sur une longue distance à travers le sol.

En sy het sy liggaam 'n lang ent oor die vloer gestoot.

Mme Samsa fit un mouvement comme si elle voulait l'arrêter.

Mev. Samsa het 'n beweging gemaak asof sy haar wou keer.

Mais finalement, elle a laissé la bonne faire glisser Gregor.

Maar uiteindelik het sy die bediende Gregor rondskuif.

« Eh bien, » dit M. Samsa, « enfin nous pouvons remercier Dieu. »

"Wel," sê mnr. Samsa, "uiteindelik kan ons God dank."

Il fit le signe de croix : tête, poitrine, épaules.

Hy het die teken van die kruis gemaak; kop, bors, skouers.

Et les trois femmes suivirent son exemple religieux.

En die drie vroue het sy godsdienstige voorbeeld gevolg.

Grete, qui ne quittait pas le cadavre des yeux, dit :

Grete, wat nie haar oë van die lyk afgehaal het nie, het gesê;

«Regardez comme il est maigre, il n'a pas mangé depuis si longtemps.»

"Kyk hoe maer hy was, hy het so lanklaas geëet."

« La nourriture que je lui laissais chaque matin restait toujours intacte. »

"Die kos wat ek elke oggend vir hom gelos het, was altyd onaangeraak."

En fait, le corps de Gregor était complètement plat et sec.

Trouens, Gregor se liggaam was heeltemal plat en droog.

C'était plus visible maintenant qu'il était au sol.

Dit was nou meer sigbaar noudat hy op die grond was.

Parce que son corps n'était plus soutenu par ses jambes.

Omdat sy liggaam nie meer deur sy bene opgelig kon word nie.

Et parce que rien d'autre ne venait distraire la vue.

En omdat daar niks anders was wat die uitsig afgelei het nie.

«Viens avec nous un moment, Grete», dit Mme Samsa.

"Kom 'n rukkie saam met ons in, Grete," sê mev. Samsa.

Un sourire douloureux se dessinait sur ses lèvres lorsqu'elle parlait.

Daar was 'n pynlike glimlag op haar lippe terwyl sy gepraat het.

Grete les suivit, mais jeta aussi un coup d'œil en arrière au cadavre.

Grete het hulle gevolg, maar ook teruggekyk na die lyk.

La bonne ferma la porte et ouvrit grand la fenêtre.

Die bediende het die deur toegemaak en die venster heeltemal oopgemaak.

Il était encore tôt, l'air était donc normalement froid.

Dit was nog vroeg, so die lug sou gewoonlik koud wees.

Mais il y avait aussi un mélange de chaleur dans l'air froid.

Maar daar was ook 'n mengsel van warmte in die koue lug.

Comme un doux rappel que c'était désormais la fin du mois de mars.

Soos 'n sagte herinnering dat dit nou die einde van Maart was.

Les trois locataires sortirent alors eux aussi de leur chambre.

Die drie huurders het nou ook uit hul kamer gestap.

Ils cherchèrent leur petit-déjeuner avec étonnement.

Hulle het verbaas rondgekyk vir hulle ontbyt.

Le petit-déjeuner a été oublié à cause de ce que la femme de chambre a trouvé.

Ontbyt is vergeet as gevolg van wat die bediende gevind het.

« Où est le petit-déjeuner? » grommela l'homme du milieu.

"Waar is ontbyt?" het die middelste heer gemor.

La bonne porta son doigt à sa bouche pour demander le silence.

Die bediende het haar vinger aan haar mond gesit om stilte te beveel.

Et elle salua les messieurs d'un geste rapide et silencieux.

En sy het haastig en stil vir die here gewaai.

La servante fit entrer les trois messieurs dans la pièce.

Die bediende het die drie here die kamer binne gelei.

Et elle a continué à leur expliquer ce qui s'était passé.

En sy het aangehou om vir hulle te verduidelik wat gebeur het.

Et les trois messieurs se tinrent autour du corps de Gregor.

En die drie here het rondom Gregor se lyk gestaan.

Les mains dans les poches, ils baissèrent les yeux.

Met hul hande in hul sakke het hulle afgekyk.

La lumière du matin inondait désormais complètement la pièce.

Die oggendlig het die kamer nou heeltemal oorstroom.

La porte de la chambre s'ouvrit alors et M. Samsa apparut.

Toe gaan die slaapkamerdeur oop en mnr. Samsa verskyn.

D'un côté se trouvait sa femme, et de l'autre sa fille.

Aan die een kant was sy vrou, en aan die ander kant sy dogter.

M. Samsa portait déjà son uniforme.

Mnr. Samsa het teen hierdie tyd reeds sy uniform aangehad.

On pouvait voir qu'ils avaient tous un peu pleuré.

'n Mens kon sien dat hulle almal 'n bietjie gehuil het.

Grete pressa son visage contre le bras de son père.

Grete het haar gesig teen haar pa se arm gedruk.

« Quittez mon appartement immédiatement ! » ordonna M. Samsa.

"Verlaat my woonstel onmiddellik!" het mnr. Samsa beveel.

Et il désigna la porte sans laisser partir les femmes.

En hy het na die deur gewys sonder om die vroue te laat gaan.

« Que voulez-vous dire? » demanda l'intermédiaire, déconcerté.

"Wat bedoel jy?" vra die middelman, ontsteld.

Et il fit de son mieux pour sourire gentiment à M. Samsa.

En hy het sy bes gedoen om soet vir mnr. Samsa te glimlag.

Les deux autres tenaient leurs mains derrière leur dos.

Die ander twee het hul hande agter hul rug gehou.

Et ils se frottèrent les mains d'impatience.

En hulle het in afwagting hul hande teen mekaar gevryf.

Ils semblaient s'attendre à une violente dispute.

Dit het gelyk of hulle verwag het dat daar 'n harde rusie sou wees.

Mais ils semblaient se réjouir de la dispute à venir.

Maar hulle het gelyk of hulle bly was oor die komende argument.

Ils pensaient que le litige tournerait à leur avantage.

Hulle het gedink die dispuut sou in hul guns wees.

« Je maintiens exactement ce que je viens de dire », a répondu M. Samsa.

"Ek bedoel presies wat ek so pas gesê het," antwoord mnr. Samsa.

Il marchait en ligne droite avec ses deux compagnons.

Hy het in 'n reguit lyn saam met sy twee metgeselle geloop.

Et M. Samsa s'est adressé directement à leur responsable.

En mnr. Samsa het direk hul hoofheer genader.

Le monsieur resta d'abord immobile, le regard fixé au sol.

Die heer het eers stilgestaan en na die grond gekyk.

Le contenu de sa tête était encore en train de se réorganiser.

Die inhoud van sy kop was steeds besig om homself te rangskik.

« Très bien, nous y allons », dit-il en levant les yeux vers M. Samsa.

"Goed, ons sal gaan," het hy gesê en na mnr. Samsa opgekyk.

Une nouvelle humilité semblait l'avoir soudainement envahi.

'n Nuwe nederigheid het hom skielik oorweldig.

Et il semblait demander la permission pour cette décision.

En dit het gelyk of hy toestemming vir hierdie besluit gevra het.

M. Samsa ouvrit grand les yeux et hocha légèrement la tête.

Mnr. Samsa het sy oë wyd oopgemaak en effens geknik.

Les messieurs obéirent immédiatement à son ordre.

Die here het onmiddellik sy bevel nagekom.

Et ils ont effectivement fait de longues enjambées dans le couloir.

En hulle het eintlik lang treë in die gang gemaak.

Ses amis avaient déjà cessé de se frotter les mains.

Sy vriende het reeds opgehou om hulle hande te vryf.

Ils avaient écouté le déroulement de la conversation.

Hulle het geluister hoe die gesprek verloop het.

Et maintenant, ils couraient après lui, comme pris de peur.

En hulle het nou agter hom aan gehardloop, asof in vrees.

M. Samsa pourrait encore les isoler de leur chef.

Mnr. Samsa mag hulle steeds van hul leier isoleer.

Ils ont sorti leurs bâtons du récipient.

Hulle het hul stokke uit die stokkiehouer gehaal.

Et ils s'inclinèrent en silence avant de quitter l'appartement.

En hulle het stil gebuig voordat hulle die woonstel verlaat het.

M. Samsa et les deux femmes sortirent sur le parvis.

Mnr. Samsa en die twee vroue het uit die voorhof gestap.

Mais en réalité, ils n'avaient aucune raison de se méfier de ces hommes.

Maar eintlik het hulle geen rede gehad om die mans te wantrou nie.

Ils s'appuyèrent sur la rambarde pour vérifier s'ils étaient partis.

Hulle het teen die reling geleun om te kyk of hulle weg was.

Les trois messieurs descendaient effectivement les escaliers.

Die drie here was inderdaad besig om die trappe af te klim.

Ils disparurent dans un virage de l'escalier.

In 'n sekere draai van die trap het hulle verdwyn.

Puis l'escalier les ramena à la vue.

En toe het die trap hulle weer in sig gebring.

Ce phénomène d'apparition et de disparition se répétait à chaque étage.

Hierdie verskyning en verdwyning herhaal hom op elke verdieping.

Mais finalement, ils étaient presque arrivés au fond.

Maar uiteindelik het hulle amper tot onder gekom.

Plus ils avançaient, moins ils étaient intéressants.

Hoe verder hulle gegaan het, hoe oninteressanter was hulle.

Tout le monde est rentré à la maison, comme soulagé.

Almal het terug huis toe gegaan, asof verlig.

Ils décidèrent de profiter de la journée pour se reposer et aller se promener.

Hulle het besluit om die dag te gebruik om te rus en te gaan stap.

Ils estimaient avoir mérité cette pause dans leur travail.

Hulle het gevoel dat hulle hierdie blaaskans van hul werk verdien het.

Non seulement ils méritaient cette pause, mais ils en avaient besoin.

Nie net het hulle hierdie blaaskans verdien nie, hulle het dit nodig gehad.

Ils s'assirent à table pour écrire des lettres d'excuses.

Hulle het aan tafel gaan sit om briewe van verskoning te skryf.

M. Samsa a adressé une lettre d'excuses à sa direction.

Mnr. Samsa het sy verskoningsbrief aan sy bestuur geskryf.

Mme Samsa a écrit sa lettre d'excuses à ses clients.

Mev. Samsa het haar verskoningsbrief aan haar kliënte geskryf.

Et Grete a écrit sa lettre d'excuses à son directeur.

En Grete het haar verskoningsbrief aan haar skoolhoof geskryf.

Pendant qu'ils écrivaient tous, la bonne entra dans la pièce.

Terwyl hulle almal besig was om te skryf, het die bediende die kamer binnegekom.

Son travail du matin était terminé, elle rentrait donc chez elle.

Haar oggendwerk was klaar, so sy was op pad huis toe.

Les trois écrivains hochèrent d'abord la tête, sans lever les yeux.

Die drie skrywers het eers geknik, sonder om op te kyk.

Mais la bonne ne semblait pas encore vouloir partir.

Maar die bediende wou blykbaar nog nie heeltemal vertrek nie.

Elle attendit un peu, jusqu'à ce que les trois écrivains lèvent les yeux.

Sy het 'n bietjie gewag, totdat die drie skrywers opgekyk het.

« Eh bien? » demanda M. Samsa, en colère, comme l'étaient les autres.

"Wel?" het mnr. Samsa gevra, kwaad, soos die ander was.

La bonne se tenait sur le seuil, un sourire aux lèvres.

Die bediende het in die deuropening gestaan met 'n glimlag op haar gesig.

Elle donnait l'impression d'avoir de bonnes nouvelles à annoncer.

Sy het die indruk geskep dat sy goeie nuus het om te rapporteer.

Mais elle n'allait pas partager la nouvelle à moins qu'on ne le lui demande.

Maar sy sou nie die nuus deel tensy sy gevra word nie.

La plume d'autruche dressée sur son chapeau oscillait légèrement.

Die regop volstruisveer op haar hoed het effens geswaai.

Cette plume d'autruche avait toujours agacé M. Samsa.

Daardie volstruisveer het mnr. Samsa nog altyd geïrriteer.

« Alors, que voulez-vous? » demanda Mme Samsa, d'un ton ferme.

"So, wat wil jy dan hê?" het mev. Samsa ferm gevra.

La bonne avait encore beaucoup de respect pour Mme Samsa.

Die bediende het steeds baie respek vir mevrou Samsa gehad.

« Oui », répondit-elle, et elle éclata d'un rire amical.

"Ja," antwoord sy en bars in 'n vriendelike lag uit.

Un instant, son rire l'empêcha de parler.

Vir 'n oomblik het haar lag haar laat praat.

«Tu n'as pas à t'inquiéter pour ce qui se passe chez le voisin.»

"Jy hoef jou nie oor daardie ding langsaan te bekommer nie."

« J'ai déjà prévu comment nous allons nous en débarrasser. »

"Ek het reeds gereël hoe ons daarvan ontslae gaan raak."

Mme Samsa et Grete continuèrent à écrire leurs lettres.

Mev. Samsa en Grete het aangehou om hul briewe te skryf.

Mais M. Samsa remarqua que la bonne n'avait pas encore terminé.

Maar mnr. Samsa het opgemerk dat die bediende nog nie klaar was nie.

Elle voulait maintenant tout décrire plus en détail.

Nou wou sy alles in meer besonderhede beskryf.

Mais il tendit la main pour repousser ses avances.

Maar hy het sy hand uitgesteek om haar pogings te verwerp.

Elle s'est rendu compte qu'ils n'étaient pas intéressés par ses projets.

Sy het besef dat hulle nie in haar planne belangstel nie.

Et puis elle se souvint de la grande précipitation dans laquelle elle avait été.

En toe onthou sy die groot haas waarin sy was.

« Ciao alors », dit-elle, insultée par ce manque d'intérêt.

"Ciao dan," het sy gesê, beledig deur die gebrek aan belangstelling.

Mais avant de partir, elle a claqué la porte très fort.

Maar voordat sy vertrek het, het sy die deur verskriklik hard toegeslaan.

« Elle sera licenciée ce soir », a déclaré M. Samsa.

"Sy sal in die aand afgedank word," het mnr. Samsa gesê.

Mais sa femme et sa fille étaient trop occupées pour lui répondre.

Maar sy vrou en dogter was te besig om hom te antwoord.

Parce que la bonne avait troublé leur paix nouvellement acquise.

Omdat die diensmeisie hulle nuutgewonne vrede versteur het.

La mère et la fille se levèrent pour aller à la fenêtre.

Die ma en die dogter het opgestaan om na die venster te gaan.

Et, enlacés, ils restèrent là.

En met hulle arms om mekaar het hulle daar gebly.

M. Samsa se tourna sur sa chaise pour les regarder.

Mnr. Samsa het in sy stoel omgedraai om na hulle te kyk.

Et pendant un moment, il les observa en silence, immobiles là.

En vir 'n rukkie het hy hulle stilweg dopgehou terwyl hulle daar staan.

Finalement, il leur cria : « Viendrez-vous à moi? »

Uiteindelik het hy na hulle geroep: "Sal julle na my toe kom?"

«Oublions tout ça, d'accord?»

"Kom ons vergeet van al daardie ou goed, nè?"

«Viens à moi et accorde-moi un peu d'attention.»

"Kom na my toe en gee my 'n bietjie van jou aandag."

Les deux femmes firent ce qu'il leur avait dit et se précipitèrent vers lui.

Die twee vroue het gedoen soos hy gesê het, en na hom toe gehardloop.

Ils lui ont fait une accolade affectueuse et l'ont embrassé.

Hulle het hom 'n liefdevolle drukkie gegee en hom gesoen.

Ils retournèrent rapidement pour terminer la rédaction de leurs lettres.

Hulle het vinnig teruggekeer om hul briewe klaar te skryf.

Puis, tous les trois, ils quittèrent l'appartement ensemble.

Toe het al drie saam die woonstel verlaat.

Ils n'étaient pas sortis ensemble depuis des mois.

Hulle het maande lank nie saam uit die huis gegaan nie.

Et ils prirent le tramway jusqu'à la périphérie de la ville.

En hulle het die tram na die buitewyke van die stad geneem.

Ils avaient toute la rame du tramway pour eux seuls.

Hulle het die hele wa van die tram vir hulself gehad.

La lumière du soleil inondait la pièce par la fenêtre.

Sonskyn het van buite deur die venster ingestroom.

La famille se cala confortablement dans ses sièges.

Die gesin het gemaklik agteroor in hul sitplekke geleun.

Et ils ont discuté de leurs perspectives d'avenir.

En hulle het die vooruitsigte vir hul toekoms bespreek.

À y regarder de plus près, leurs perspectives n'étaient pas mauvaises.

By nadere ondersoek was hul vooruitsigte nie sleg nie.

Tous les trois occupaient des emplois qui leur permettraient de gagner davantage.

Al drie het werk gehad met die potensiaal om meer te verdien.

Ils ne s'étaient jamais interrogés l'un sur l'autre concernant leur travail.

Hulle het mekaar nooit oor hul werk uitgevra nie.

Mais maintenant, ils avaient enfin le temps de discuter de ces choses-là.

Maar nou het hulle uiteindelik tyd gehad om sulke dinge te bespreek.

Ils avaient également la possibilité de déménager dans un appartement plus petit.

Hulle het ook die opsie gehad om na 'n kleiner woonstel te trek.

Cela aurait le plus grand impact sur leur vie.

Dit sou die grootste impak op hul lewens hê.

Leur appartement actuel avait été choisi par Gregor.

Hul huidige woonstel is deur Gregor gekies.

Mais maintenant, ils pourraient déménager dans un endroit plus abordable.

Maar nou kan hulle na 'n meer bekostigbare plek trek.

Un appartement plus petit, mais dans un endroit plus pratique.

'n Kleiner woonstel, maar iewers meer prakties.

Parler de l'avenir a redonné vie à Grete.

Om oor die toekoms te praat, het Grete weer meer lewendig gemaak.

Monsieur et Madame Samsa ont également remarqué d'autres changements chez elle.

Mnr. en mev. Samsa het ook ander veranderinge in haar opgemerk.

Ses joues étaient devenues pâles à cause de tous ses soucis.

Haar wange het bleek geword van al haar bekommernisse.

Mais à présent, leur fille s'épanouissait et devenait une femme remarquable.

Maar nou het hul dogter in 'n pragtige dame ontwikkel.

C'était vraiment une belle et jolie jeune femme, maintenant.

Sy was nou werklik 'n welgeboude en fyn jong vrou.

Ses parents se turent et admirèrent leur fille.

Haar ouers het stil geword en hul dogter bewonder.

Ils échangèrent un regard, communiquant inconsciemment.

Hulle het na mekaar gekyk en onbewustelik gekommunikeer.

« Il sera bientôt temps de lui trouver un homme bien. »

"Dit sal binnekort tyd wees om 'n goeie man vir haar te vind."

Le tramway était arrivé à destination et avait ralenti.

Die tram het sy bestemming bereik en stadiger geword.

Leur fille semblait confirmer leurs nouveaux rêves.

Hul dogter het blykbaar hul nuwe drome bevestig.

Elle fut la première à se lever et à étirer son jeune corps.

Sy was die eerste wat opgestaan en haar jong lyfie gestrek het.